LE IRREGOLARI

Massimo Carlotto

LE IRREGOLARI

BUENOS AIRES HORROR TOUR

edizioni e/o

Edizioni e/o
Via Camozzi, 1
00195 Roma
info@edizionieo.it
www.edizionieo.it

Fango di Manfredi-Gianco è tratto dal cd
di Ricky Gianco *Alla mia mam...* – Ed. BMG Ariola SpA
Milonga de un triste di Camardi-Carlotto-Ricky Gianco
è tratta dal cd di Maurizio Camardi
...Nostra patria è il mondo intero – Il Manifesto

Progetto grafico di copertina/Emanuele Ragnisco e Luca Dentale
Grafica/Emanuele Ragnisco
www.mekkanografici.com

Illustrazione in copertina/Igort

Impaginazione/Plan.ed
www.plan-ed.it

ISBN 978-88-7641-969-0

LE IRREGOLARI

Ai Carlotto d'Italia e di Argentina
Alla memoria di Laura
Al ritorno di Guido

PROLOGO

Santiago del Cile, lunedì 2 settembre 1996.
Ero triste e, purtroppo, assolutamente sobrio. Sotto il braccio sinistro tenevo un voluminoso pacco rettangolare. Il destro era impegnato a sostenere l'ombrello che mi riparava da una pioggia fitta e sottile. Mi trovavo esattamente al centro di Plaza de la Constitución e osservavo i movimenti delle guardie che presidiavano il portone centrale del palazzo della Moneda. Non potei fare a meno di pensare che avevano le stesse divise e le stesse facce di ventitré anni prima. Anche la piazza era la stessa: sulle facciate bagnate dei palazzi risaltava lo stucco con cui avevano riempito centinaia di fori di proiettili esplosi il giorno del golpe.

Improvvisamente la pioggia cessò. Raccattai un po' di coraggio e mi avviai in direzione del palazzo.

A circa quaranta metri dal portone, appoggiai a terra il pacco e iniziai a scartarlo. Con gesti nervosi estrassi un enorme "radione". L'avevo comperato poco prima in un frequentato negozio del centro; ero entrato e avevo chiesto il più potente.

Alzai gli occhi verso il palazzo e incontrai lo sguardo aggrottato di un paio di carabineros. Dalla tasca del giubbotto estrassi un cd e lo infilai nell'apposito scomparto. Chiusi gli occhi e premetti il tasto play. Il volume era al massimo. Tre secondi di silenzio, poi esplose la voce recitante di Ricky Gianco:

Questa canzone racconta la storia di uno che era giù,
molto giù... credo che più giù di così non si possa essere
e infatti Fango ebbe un padre negro e una madre pellerossa

l'una e l'altro lo lasciarono davanti a un portone
era l'università di Heidelberg forse di Jena...
Un leggio ebbe per culla e un libro per la cena...

Nel frattempo i militari erano diventati otto. Un tenentino
batteva nervoso il frustino sui lucidi stivali di cuoio. I sottoposti
invece battevano i tacchi. Sui loro volti erano stampate espres-
sioni poco cordiali. Il pezzo durava quattro minuti esatti. Forse
ce l'avrei fatta. Forse no.

Quando fu più grandicello fece un salto a Leningrado
e si mise a lavorare in una fabbrica di sogni
lui voleva fare un uovo tutto rosso e levigato
ma in programma erano cubi con lo stemma dello Stato...

Un minuto e otto secondi. Tutto dipendeva dal tenentino.
Col frustino mi intimava di abbassare il volume. Io lo guardavo
e scuotevo la testa. Non potevo farlo: avevo dato la mia parola.

«Giurami che quando ti diranno che sono morta, andrai a
Santiago, davanti alla Moneda, e suonerai a tutto volume *Fango*
di Ricky Gianco».

Non avevo chiesto spiegazioni: l'ultimo desiderio degli esiliati mescola sogno, nostalgia, rimpianto e un pizzico di disperata follia. Mi ero limitato a baciarle solennemente la mano. Lei
era bella. A Parigi ogni volta che la vedevo esclamavo a gran
voce: «Ecco le più belle tette della rivoluzione mondiale». La
incontrai di nuovo anni dopo in Svizzera. Ripetei la frase con la
stessa allegria. Ridendo di gusto lei scosse la testa e alzò il
maglione per mostrarmi un capezzolo sfregiato. Una tetta
guercia. «Un calibro nove a Cochabamba» spiegò.

La vidi ancora. Ogni tanto tornava in Europa a raschiare il
fondo della nostra generazione. Diceva che andava in un posto
e invece prendeva un treno per Parma o un aereo per Fran-
coforte. Non era mai sola: sempre circondata da uomini e
donne dallo sguardo febbricitante e col colpo in canna.

L'ultima volta mi aveva guardato senza sorridere: «Verrai?».
Avevo scosso deciso la testa. «Ora vivo in un'isola con una donna uscita dritta dritta da una tempesta di maestrale e non ho più voglia di morire con un altro nome».

«Ricordati la promessa» aveva detto, baciandomi la fronte.

Fango era la sua canzone preferita. In particolare le piaceva la terza strofa:

Sopra il muro di Berlino se ne stette appollaiato
aspettando che passasse un editore di memorie
passò invece una ragazza con il mitra tra le braccia
lui le sparse del profumo sui capelli sulla faccia

Nel frattempo, a distanza di sicurezza, si era formata una piccola folla di curiosi. Le facce erano allegre. Di certo non ero il solito predicatore della solita setta americana. Il tenentino portò alla bocca il microfono della ricetrasmittente. Stava chiamando i rinforzi. Era arrivato il momento che avevo temuto fin dall'inizio. Cominciai a guardarmi intorno per non farmi sorprendere da un'autopattuglia. Il display del radione indicava che Ricky cantava da appena un minuto e quarantasei secondi.

Fango arrivò in America lo beccarono all'istante
lo accusarono d'aver ucciso ben sette presidenti
ma lui conservò la calma, disse: «Io non c'entro niente
ho ammazzato i re di Roma – i re di Roma solamente».

Quando avevo ricevuto in Argentina il messaggio di El Chino, avevo capito che era morta. Non avevo voluto sapere quando, dove e come. Il perché lo conoscevo, e mi sarebbe bastato per tutta la vita.

E così lo torturarono con i ferri e con i vetri
con i fili con il gas con gli strumenti più segreti
ma lui continuò a sorridere e sparì tutto d'un tratto
perché Fango non smentisce la sua anima di spettro

Due minuti e quarantacinque secondi. "Ce la faccio" pensai.
In realtà se mi beccavano non rischiavo poi molto: qualche man-
rovescio e l'espulsione. Ma non volevo fare una brutta figura con
lei... E poi, l'indomani, avevo un appuntamento a Viña del Mar.
Tre giorni prima era morto l'ammiraglio Merino, il numero
quattro della dittatura: al funerale avrei incontrato Edmundo.

Lui, ai funerali degli uomini di Pinochet, non mancava mai.
Attendeva pazientemente la fine della cerimonia e poi pisciava
di gusto sul marmo candido ricoperto di fiori. Edmundo era un
mito. Da anni, di cimitero in cimitero, risaliva il Cile e il Perù
per ridiscendere attraverso Bolivia e Argentina, fino alla Terra
del Fuoco. Attraversava il confine a Ushuaia e pisciava sulla
prima tomba nel gelido camposanto di Punta Arenas.

Ora Fango è per la strada lungo i muri e nel quartiere
nelle culle dei bambini dorme, non si fa vedere
ma tu senti il suo calore sulla punta delle dita
Fango nasce nel tuo corpo e trasforma la tua vita

L'autopattuglia era arrivata a metà dell'ultima strofa ma per
fortuna si era fermata a confabulare con il tenentino. "Ragazzi,
non siete più quelli di una volta" pensai, iniziando a correre.
Verso Viña del Mar. Poi con Edmundo verso nord, lungo la
Panamericana. Se avessi trovato il coraggio, poi, ancora più a
nord, verso il Perù, verso il carcere dove stava marcendo El
Torito. Oppure mi sarei infilato nella precordigliera andina,
andando a nascondermi e a ubriacarmi di pisco nella valle di
Elqui.

Alla fine El Chino sarebbe venuto a riprendermi per cari-
carmi su un aereo diretto a Buenos Aires. La mia era una storia
tutta argentina. E non era ancora finita.

CAPITOLO PRIMO
Cruzar Corrientes?

Q uanto costa a notte?».

«Trentacinque pesos o dollari, è la stessa cosa» rispose il portiere dell'hotel N'ontue al numero tremilatrecentoventuno di avenida Corrientes.

Il prezzo era corretto e la posizione ottima, a due passi dalla fermata Carlos Gardel del subte, una delle più antiche metropolitane del mondo.

Appoggiai il passaporto sul banco. L'uomo lo guardò con attenzione.

«È un parente della señora Estela?».

«Di chi, scusi?» domandai sorpreso.

Con la penna indicò l'altro lato della strada, oltre la porta a vetri: «Estela Carlotto, la presidente delle Abuelas, le Nonne di Plaza de Mayo, c'è la loro sede proprio dall'altro lato della strada».

Scossi la testa: «No, non la conosco» tagliai corto.

«Mi scusi» continuò l'altro, copiando i dati sul registro, «gliel'ho chiesto perché avete lo stesso cognome, siete tutti e due italiani e poi perché le Nonne, quando qualcuno le viene a visitare, si appoggiano sempre a questo hotel».

«Una pura coincidenza» precisai.

Solo mentre stavo togliendo le camicie dalla valigia realizzai il significato dell'ultima parte del discorso del portiere. Alzai la cornetta del telefono. «Sono Carlotto della duecentoquattro».

«Sì, señor?».

«Prima mi ha parlato delle Nonne di Plaza de Mayo... hanno qualcosa a che vedere con le Madri?».

«Sì, si occupano anche loro delle vittime della dittatura. Le nonne cercano i nipoti rapiti o quelli nati nei campi».

«Campi?» chiesi allarmato.

«Sì, i campi clandestini, dove portavano i sequestrati» rispose stupito della mia ignoranza.

«E questa Estela... Anche lei cerca qualcuno?».

«Señor» disse in tono paziente, «forse è il caso che attraversi la strada... Troverà delle vecchiette molto gentili che risponderanno volentieri alle sue domande».

Rimasi qualche minuto a osservare le finestre del quarto piano del civico tremiladuecentottantaquattro. Cominciai a ricordare, a ricomporre frammenti di un'altra vita. Parigi, Madrid, Città del Messico. Una moltitudine di fuggiaschi, molti gli esuli argentini. Voci in una babele di orrori. Empanadas, mate, tango e desaparecidos. Horacio, un amico, sognatore pasticcione. *Sudeste* di Haroldo Conti, uno dei più bei romanzi sudamericani. E Soriano. E Bonasso. E *Sur* di Solanas: la voce notturna di Goyeneche... Allora portavo un altro nome ed ero un professionista nel barcamenarmi in storie troppo grandi per chiunque. La mia si era intrecciata con quelle di una generazione sconfitta e in fuga. Poi, era rimasto solo il ricordo, affievolito dal tempo. Intuivo che attraversare la strada avrebbe significato, per me, rompere la tregua col destino, condividere storie e percorsi che avrebbero cambiato, un'altra volta ancora, la mia vita. Non ero sicuro di volerlo. La mia malinconia era già tutta tatuata da vecchie cicatrici.

Salii in camera ma rimasi incollato alla finestra a scrutare le ombre che si muovevano dietro le tende. Mi scossi e, presa la guida turistica, decisi di uscire per sottrarmi a quei ricordi e a quella sensazione di inevitabile che mi avevano afferrato. Ma, quando consegnai la chiave al portiere, mi ritrovai di nuovo a fissare quelle finestre attraverso la vetrata della hall.

«Señor» mi chiamò l'uomo.

Mi voltai e fissai un sessantenne, gli zigomi alti ereditati da qualche antenato indio. Il corpo magro ballava nella giacca stinta con gli alamari.

«Mi chiamo Inocencio e vengo dalla provincia di Tucumán» si presentò come se il suo luogo di origine dovesse avere un significato preciso. Mi indicò l'angolo tra l'avenida e una strada che l'intersecava: «Vada lì, señor, e aspetti. Per favore» disse, spingendomi gentilmente verso l'uscita.

«Perché?».

«Nell'attesa di decidere se attraversare o no la strada, è il caso che visiti la città. Un mio amico la porterà a fare un giro» mi informò in tono paterno. Prese dalle mie mani la guida e la buttò in un cestino. «Questa non le serve più» disse semplicemente.

Fu l'ultimo gesto a farmi accettare quella strana proposta. Il vecchio voleva che attraversassi "quella" strada... e, con ogni probabilità, sarebbe riuscito a convincermi. Deciso a scoprire come, uscii.

Stava calando la sera e la temperatura nel giro di un'ora appena si era abbassata sensibilmente. Non riuscivo a organizzare i pensieri e fissavo il traffico a senso unico di Corrientes per costringermi a non alzare lo sguardo verso il quarto piano del tremiladuecentottantaquattro. La moltitudine di taxi colorava l'asfalto di giallo e di blu.

Poi il colore cambiò. Di fronte a me si era fermato un colectivo, un autobus bianco e arancione. A parte l'autista era assolutamente vuoto. La porta anteriore si aprì lentamente. L'uomo staccò la mano destra dal volante per farmi cenno di salire.

«Benvenuto al Buenos Aires Horror Tour» mi salutò, innestando la marcia.

Non dissi nulla e mi sedetti proprio dietro di lui, da sempre il mio posto preferito negli autobus. Il grosso mezzo filava via veloce nel traffico serale. Dal finestrino osservavo le insegne dei negozi ormai quasi tutti chiusi. Dopo un po' i colori dei neon si fusero in un'unica lunga scia infinita e Buenos Aires diventò una pellicola che scorreva veloce nel mio cervello.

Poi, lentamente, misi a fuoco l'insegna di un locale: El Reencuentro. Solo allora mi resi conto che c'eravamo fermati. Davanti al numero cinquemilaseicento di avenida Rivadavia, di cui aveva sentito parlare come della strada più lunga di tutto il Sudamerica. Avvertii su di me lo sguardo del conducente. Gli rivolsi un'occhiata interrogativa.

Indicò il bar: «Il ventinove giugno del 1978 lì dentro hanno sequestrato Jorge Alejandro Segarra. Era nato nel '58. Si era diplomato in chimica in un istituto tecnico e lavorava in una fabbrica di cuscinetti a sfera a Haedo. Erano le sei del pomeriggio, quando degli uomini entrarono mascherati: tutti li riconobbero come membri del Batallón 601 de Inteligencia dell'esercito. Incappucciarono e ammanettarono Segarra e altri due suoi amici, Joaquín Areta e Julio Alvarez. Di loro non si è più saputo nulla.

«Jorge aveva due sorelle. Alicia Estela, di ventuno anni, studiava biologia all'università; l'avevano sequestrata qualche giorno prima, il ventuno giugno, insieme al marito, Carlos María Mendoza, che di anni ne aveva ventidue. La muchacha era incinta di due mesi e mezzo. Non si conosce nemmeno il luogo dove furono sequestrati. Semplicemente scomparvero.

«L'altra sorella, Laura Beatriz, aveva solo diciotto anni, era un'ottima pianista, oltre a essere incinta di nove mesi... mancavano appena una decina di giorni al parto. Viveva a Merlo, in provincia, con Pablo Torres, il marito ventiduenne. All'una del mattino arrivarono quattro automobili di uomini mascherati appartenenti alla Brigada di San Justo. Circondarono la casa e lanciarono bombe incendiarie contro le finestre. Rimase in piedi solo una parete».

Da una borsa tirò fuori tutto l'occorrente per prepararsi il mate. Versò acqua calda dal thermos nella calabaza, il recipiente di zucca essiccata, e cominciò a succhiare l'infuso dalla cannuccia d'argento. Era un uomo di quarantacinque anni, sul metro e settanta, un accenno di pancetta, una calvizie che doveva essere iniziata sui banchi di scuola e una barba rada ma nera come la pece. Pece infuocata era anche il colore degli occhi, che guizzavano attenti e scaltri nella penombra dell'autobus.

«Di tutta la famiglia Segarra, rimasero solo i genitori» continuò. «La madre si mise subito alla ricerca dei figli, dei generi e... dei nipoti. Bussò al portone dei comandi di polizia e dell'esercito. Le risero in faccia, le dissero che i suoi figli erano fuggiti in Europa, la chiamarono loca, pazza. Bussò al portone delle chiese. Monsignor García, vescovo di Mar del Plata, era ossessionato dalla minaccia del comunismo e non si degnò di riceverla, anche se volle rassicurarla, tramite il segretario, che lui pregava sempre per i desaparecidos... Quando si rese conto che tutti la prendevano in giro si unì alle Nonne. Non ha mai smesso di cercare...».

L'autobus ripartì e la città ben presto ridiventò un'immagine sfocata. Ci fermammo nuovamente. Questa volta al numero millequattrocentoquarantaquattro di calle Andonaegui.

«Qui viveva il ventiduenne Eugenio de Cristófaro con la moglie Liliana e il figlio Horacio Luis» attaccò l'autista senza nemmeno voltarsi. «Lavorava in centro come commesso alle

Bodegas Peñaflor. Lo sequestrarono il quattordici settembre del 1976. Sequestrarono anche i suoi due fratelli, Teresa e Luis. Solo di quest'ultimo si è saputo che è stato fucilato».

Girò la chiave e ci dirigemmo in calle Cabildo. Al numero novecentocinquantasette, la notte del trentuno luglio 1976, era stato sequestrato lo studente di diritto José Pablo Gorostiaga. Aveva compiuto vent'anni da appena dieci giorni.

«Non era casa sua, questa» specificò l'uomo, «quella notte aveva deciso di fermarsi a dormire da un compagno di studi... Mai più saputo nulla».

Poi fu la volta di un marciapiede. Mi indicò un punto preciso: «Il quindici agosto del '78 Roberto Luis Cristina mentre stava camminando venne circondato e caricato a forza su una macchina. Lo cercavano da tempo. Era un pezzo grosso della resistenza alla dittatura. Era nato nel '41 ed era professore di sociologia all'università. Lo portarono al campo di concentramento clandestino El Vesubio, in provincia, una fattoria appartenente al Servicio Penitenciario Federal, in quel periodo sotto il controllo del generale dell'esercito Carlos Guillermo Suárez Mason e del solito Batallón 601 dei servizi segreti militari. I sopravvissuti hanno raccontato che le torture venivano effettuate nell'infermeria. All'ingresso c'era un grande cartello: "Si lo sabe cante; si no aguante". Cristina non seguì il consiglio e lo udirono gridare "viva la patria" mentre lo picaneaban, squassavano il suo corpo con la corrente elettrica. Poi, si stufarono e lo uccisero. Sua sorella Eleonora l'avevano ammazzata prima del golpe, nel '75. Uno squadrone della morte a Ituzaingo... Era una bella ragazza di venticinque anni. Giovedì in Plaza de Mayo vedrai la loro foto appesa al collo della madre, una vecchina col bastone...».

Tacque e si dedicò nuovamente al rito del mate.

Aprii bocca per la prima volta da quando ero salito sull'autobus.

«Come fai a sapere che giovedì andrò alla marcia delle Madri?» domandai.

Alzò le spalle. «Sai di cosa sto parlando. Non hai fatto una domanda. Inocencio dice che non sei un turista del cazzo. Forse ha ragione... Forse sei un sopravvissuto anche tu» concluse, fissandomi con curiosità.

«Già» confermai, «ovunque vado guardo la realtà con i tuoi stessi occhi. E ho avuto più fortuna di Luis Alberto Morales». Quel nome lo pronunciai, in una frase apparentemente senza senso, come una parola d'ordine per orientarlo nell'intricata mappa della mia vita.

«Quello sì che era uno con le palle» commentò ammirato. «Uno dei pochissimi che riuscì a scappare dalle mani della polizia. Ho saputo che è morto in Nicaragua» aggiunse per restringere le coordinate.

«Si è fermato a coprire la ritirata di un gruppo di ragazzini sandinisti alla prima sparatoria della loro vita. Poi quando ha terminato le munizioni...».

«Mi chiamo Santiago» si presentò, interrompendomi. Non c'era bisogno che aggiungessi altro. «La notte, giro con il colectivo, lungo i percorsi del Buenos Aires Horror Tour... domani sera passerò alla stessa ora».

Mi riportò all'hotel. Scendendo mi fermai sul secondo gradino: «Quanto è lungo questo tour?».

Il conducente alzò le spalle: «Non ti basterebbero tutte le notti della tua vita. Buenos Aires non finisce mai».

Inocencio, il portiere, mi porse le chiavi attraverso il bancone con aria indifferente.

«Cos'è successo al tuo paese, a Tucumán?» domandai.

«Un giorno arrivò il generale Antonio Domingo Bussi e la gente iniziò a sparire. Prima i giovani, poi intere famiglie» spiegò tristemente.

«Ho sentito parlare di lui; era stato in Vietnam con gli americani» ricordai. «E adesso che fine ha fatto?».

«È ancora a Tucumán. Adesso è governatore dello stato».

«E tu non sei più tornato a casa».

«No, señor».

Presi una fiaschetta di liquore che tenevo al caldo nel giubbotto e condivisi il contenuto e la tristezza con il vecchio dagli
zigomi alti. Da un portafogli consunto, che teneva nella tasca
posteriore dei pantaloni, Inocencio estrasse delicatamente la
foto in bianco e nero di un giovane che gli assomigliava.

«In Sudamerica non puoi chiamare un figlio Victor Hugo:
gli segni il destino, lo iscrivi nella lista dei sospetti sovversivi fin
dalla nascita» mi confidò.

Annuii e con un gesto gli offrii ancora da bere. «Quanti anni
aveva?» domandai.

«Diciannove. Lo sequestrarono all'uscita della scuola serale
il venticinque maggio del 1977».

«Da allora nessuna notizia» anticipai.

«Nessuna, señor».

Il mezzo litro passò ancora di mano. «L'Horror Tour è un
servizio riservato a tutti i clienti dell'albergo o devo ritenermi
particolarmente fortunato?» domandai con tono involontariamente sgarbato.

«Lei non è un turista, señor. Quantomeno non si comporta
come tale» ribatté il portiere; «ha un modo di fare "troppo ano-
nimo" per essere naturale».

Sorrisi appena. «Le abitudini sono davvero dure a morire...
un tempo fuggivo per dare senso alla mia vita» spiegai. «...E
sono venuto qui per ricostruire la storia di un'altra fuga: quella
di mio nonno...».

Guglielmo Carlotto, anarchico vicentino, aveva preferito
imbarcarsi su un veliero diretto in Argentina piuttosto che servire
il re. Correva l'anno 1886 e il nonno aveva diciannove anni.
Rimase a Buenos Aires fino al 1900, poi decise di ritornare e
affrontare le autorità militari. Nel 1906 sposò nonna Emma e aprì
un panificio a due passi dalla basilica di Sant'Antonio, a Padova.

Si rifiutò sempre, categoricamente, di parlare dell'Argentina. Moglie e figli, nel corso della sua lunga vita, riuscirono solo a ricostruire da mezze frasi bofonchiate controvoglia, e con l'aggiunta di un pizzico abbondante di immaginazione, che aveva lavorato come scaricatore, panettiere e oste, e che i soldi per tornare in Italia li aveva trovati una notte sul pavimento in terra battuta della sua osteria. Un mercante che attraversava la Pampa col suo carro pieno di pentole, tessuti e rimedi miracolosi era tornato nella capitale per festeggiare il buon esito degli affari finendo a ubriacarsi proprio nel locale del nonno. Il portafoglio gonfio di banconote gli era scivolato dalla tasca; Guglielmo l'aveva notato qualche ora dopo e l'aveva restituito immediatamente al proprietario, che cercava di smaltire la sbornia in una vicina pensione. Il generoso premio del mercante gli permise di imbarcarsi su un altro veliero di ritorno a Genova.

Di quell'avventura argentina era rimasto solo un baule da nave in legno di ciliegio con lucide maniglie di ottone, appositamente costruito per quel viaggio dallo zio Ernesto, e i racconti di mio padre e degli altri parenti su quel nonno che io non avevo mai conosciuto.

«Dicono che fosse un uomo generoso, ribelle, irascibile e sanguigno» raccontai a Inocencio che mi ascoltava con evidente piacere, «forte e testardo come un cavallo di razza. Si racconta ancora con stupore come incastrò nel telaio di una finestra un maldestro garzone che aveva rovinato la cottura del pane per disattenzione. O di come quella volta, quando lo zio Aduccio aveva lasciato aperta la porta del magazzino e il freddo di dicembre aveva bloccato la lievitazione della pasta dei panettoni, il nonno, per non deludere i clienti, aveva rimpastato a mano, per tutta la notte, decine di chili di farina, con centinaia di uova e svariati chili di zucchero. Pare che avesse forza fisica e volontà per lavorare come cinque robusti panettieri.

«Chi aveva fame si affacciava alla porta della bottega e non ne usciva mai a mani vuote. Antifascista, soffrì le conseguenze del rifiuto di prendere la tessera del partito. Morì nel '49 senza aver mai raccontato nulla della sua vita in Argentina.

«Fin da piccolo sono rimasto profondamente affascinato dal mistero di quegli anni argentini oltre che dalla figura del nonno, e mi sono spesso ripromesso di attraversare l'oceano per scoprire le ragioni di quell'ostinato silenzio... Ed eccomi qui» conclusi, prendendo in mano la fiaschetta di liquore.

Ma il portiere aveva ancora voglia di ascoltare e mi subissò di domande. Un sorso e continuai: «I figli avevano sempre pensato che non volesse ricordare un periodo particolarmente duro della sua vita, fatto di esilio e stenti. Io, invece, immagino uno scenario completamente diverso, romantico e avventuroso: l'ambiente delle comuni anarchiche in Argentina a fine Ottocento. Anni di febbrile militanza in una terra ostile, solidarietà, clandestinità e... una delusione d'amore o politica che, alla fine, ha spinto il nonno a tornare in Italia.

«Mi rendo conto che novantasei anni di distanza dai fatti e un paio di labili tracce non sono un granché per sperare in un esito positivo delle ricerche... ma il mio asso nella manica sono i rapporti di polizia dell'epoca, ancora conservati negli archivi. Un rivoluzionario, straniero per giunta, non doveva passare inosservato nemmeno nell'Argentina del 1886.

«Questa idea è frutto di una certa esperienza personale. Anch'io per diversi anni, come ho accennato prima, sono stato costretto all'esilio e sono fuggito da un continente all'altro, facendomi pizzicare molto più a nord... In Messico per l'esattezza... Undici anni fa.

«Recentemente ho guadagnato qualche soldo e ho avuto la possibilità di venire in Argentina per cercare di risolvere il mistero sudamericano del nonno. Così, l'altro giorno» aggiunsi, controllando l'orologio e avventurandomi in un rapido calcolo di fusi orari, «mi sono imbarcato su un aereo delle Aerolineas Argentinas con un'agendina colma di indirizzi di biblioteche, archivi e riviste storiche. Avevo compiuto quarant'anni il giorno prima, in bocca sentivo ancora sapore di festa e di baci ed ero assolutamente certo che il destino mi avesse concesso una tregua» conclusi sarcastico.

Il vecchio scosse la testa: «Se non si vogliono guai dal destino non si viene a Buenos Aires a cercare di riannodare i fili di una vecchia storia» sentenziò in tono solenne. «Si sa dove comincia ma poi si scopre che non finisce mai... come questa città: qui, una storia si intreccia con un'altra e poi con un'altra ancora... Suo nonno lo sapeva, per questo non ha mai voluto raccontare nulla della sua vita in Argentina».

«Cosa dovrei fare, allora? Tornarmene in Italia?».

Puntò l'indice verso la sede delle Nonne. «Ormai è troppo tardi per tornare indietro, señor. Il dubbio le avvelenerebbe il sangue come il morso di una vinchuca... una brutta cimice che ammazza a poco a poco i contadini su al nord».

In camera stappai un altro mezzo litro di cognac. Ero stanco ma non riuscivo a liberare la mente, avvelenata da troppi pensieri. Da una tasca della valigia presi l'unico libro che avevo scelto di rileggere in quel viaggio: *Ai soli distanti* di Stefano Tassinari. Il rigore e la bellezza della prosa poetica mi riconciliarono presto con la realtà e riuscii a sopportare quella prima, lunga notte argentina.

CAPITOLO TERZO
Amelia

Il mattino dopo, di buonora, attraversai avenida Corrientes. Salii fino al quarto piano e suonai il campanello dell'appartamento H.

Mi aprì una donna anziana, dall'aspetto curato, che mi fece strada fino a una stanza dove, sul tavolo, c'erano un quotidiano aperto e una tazza di caffè fumante. Ne offrì una anche a me e ci sedemmo uno di fronte all'altra. Era sola, le altre dovevano ancora arrivare.

«Stavo leggendo gli anniversari. Lo faccio ogni mattina, prima di iniziare a lavorare».

La guardai con aria incerta, perplessa e lei si rese conto, per la prima volta da quando ero entrato, che provenivo da un altro mondo. «Rodolfo José Lorenzo, soprannominato Gallego» iniziò a leggere a voce alta, sistemandosi sul naso un paio di vecchi occhiali, «nato il ventuno settembre del 1954 e sequestrato il tredici agosto del 1977, militante della Gioventù Universitaria Peronista. Miguel Hugo Vaca Narvaja, assassinato il dodici agosto del 1976. Nora Larubia, soprannominata "la grassa Emilia" e Carlos Caris "il magro Juan" sequestrati il tredici agosto 1980 a La Plata. Juan Carlos Anzorena, nato il...».

La donna aveva un trucco leggero, sopracciglia appena accennate e un rossetto un poco più scuro dello smalto delle unghie. I capelli erano biondi e ricci, freschi di parrucchiere. Provai tenerezza e rispetto per quella sfida al tempo. La risoluta tristezza del suo sguardo e la piega amara del sorriso racontavano che la dittatura, oltre ad ammazzarle qualche parente, le aveva tolto il diritto alla vecchiaia.

Mi guardai intorno e posai lo sguardo su un enorme manifesto. In alto una scritta: *BUSCAMOS DOS GENERACIONES*. Decine di piccole foto, accuratamente ordinate in file orizzontali e verticali, mostravano volti giovani e sorridenti, con pettinature e vestiti degli anni Settanta, alcune coppie abbracciate, altre che mostravano orgogliose un neonato o bambini di poco più grandi.

«Anch'io, a quel tempo, avevo quella faccia» la interruppi, mentre leggeva la storia della fucilazione di un tale Raúl Hector Tissera, «e gli stessi sogni. Prima di arrivare in Argentina l'avevo dimenticato. Ero venuto a cercare una storia... ora ne ho trovate altre. Ieri sera un tizio mi ha detto che non mi basterà la vita per conoscerle tutte».

La mano della nonna attraversò il tavolo e mi accarezzò delicatamente il viso. «Mi chiamo Amelia Herrera De Miranda».

«Io, Massimo Carlotto. Sono venuto qui per parlare con Estela Barnes de Carlotto. Portiamo lo stesso cognome». Poi: «Avevo diciannove anni quando ho smesso di credere alle coincidenze» sussurrai al di sopra della tazza di caffè.

«Estela abita a La Plata, a una cinquantina di chilometri dalla capitale» mi informò «Arriverà verso mezzogiorno».

«Lei chi sta cercando, signora?» domandai con delicatezza.

«Matilde, la nena. Aveva cinque mesi quando è scomparsa, il tre settembre 1976...».

Due giorni dopo quella data un comunicato stampa dell'esercito aveva informato che cinque sovversivi erano stati sorpresi in un'abitazione di San Isidro, a nord di Buenos Aires e uccisi dopo un conflitto a fuoco che aveva provocato la distruzione della casa. L'indirizzo era quello dove viveva sua figlia Amelia Barbara con il marito Juan Francisco Lanouscou e i tre figli, Roberto di sei anni, Barbara di quattro e Matilde.

I vicini raccontarono che la casa era stata circondata da jeep e autoblindo occupate da uomini mascherati. Lanouscou era uscito per parlare con i soldati ma era stato colpito da una granata sparata da un fucile che gli aveva troncato di netto la testa. Poi toccò agli altri. Per quattro ore la casa venne crivellata dai proiettili. Nessuno rispose al fuoco. Alla fine i militari entrarono e portarono via i cadaveri dei pericolosi sovversivi.

Lei e suo marito avevano taciuto per paura che l'esercito ammazzasse anche gli altri figli. Raccontarono ai vicini che i due ragazzi erano fuggiti in Brasile. Il silenzio durò sette anni. Poi, caduta la dittatura, cominciò la ricerca dei corpi per dare loro una dignitosa sepoltura. Si rivolsero all'associazione delle Nonne. Iniziarono a investigare. Dalle autorità non ebbero nessun aiuto ma, a forza di insistere, emerse la notizia che la famiglia Lanouscou era stata sotterrata clandestinamente nel cimitero di Boulogne. Una successiva verifica portò all'identificazione di cinque tombe di N.N., le numero uno, due, tre, quattro, cinque dell'atto amministrativo numero diecimilaottocentosettanta dell'intendenza municipale di San Isidro. Il documento riportava anche il referto di un ufficiale medico della polizia di Buenos Aires, Roberto Enrique Bettale, nel quale si diceva che il decesso dei tre bambini era stato causato "da una lesione cerebrale provocata da un'arma da fuoco. I proiettili sono penetrati attraverso le tempie... I bambini, all'atto della visita, avevani i tratti del viso rilassati". Il che dimostrava che erano stati uccisi mentre dormivano. La polizia, infatti, sosteneva che ad ammazzare i bambini era stato il padre.

Nel frattempo le Nonne avevano ricevuto due importanti telefonate anonime. La prima di un ragazzo che aveva fatto il servizio militare a Campo de Mayo, uno dei più famigerati campi di concentramento clandestini della dittatura; informava che i responsabili del massacro della famiglia Lanouscou erano i tenenti Camargo e Landa. La seconda invece assicurava che uno dei bambini era ancora vivo.

Il venticinque gennaio 1984, nel cimitero di Boulogne entrò una piccola folla formata dalle Nonne, rappresentanti della commissione governativa sui crimini della dittatura, funzionari di polizia, avvocati, medici legali e una squadra di scavatori.

Dal lungo muro di cinta spuntavano le teste silenziose degli abitanti del quartiere.

Le tombe erano state localizzate in una sezione abbandonata, tra molte altre senza croci. Altri desaparecidos.

A ottanta centimetri incontrarono le casse con i resti. L'ultima ad essere aperta fu quella di Matilde. I medici legali estrassero del tessuto ammuffito che poteva aver avvolto un neonato. Dall'interno cadde un ciucciotto e tutti, per un attimo, rimasero impietriti. Poi gli esperti estrassero degli ossicini che fotografarono prima di repertare.

Si formò uno strano corteo e per la prima volta Amelia e suo marito andarono a vedere quella che era stata la casa della loro figlia. Trovarono solo macerie e, in mezzo, un giocattolo arrugginito e una pianta di limoni.

Qualche mese dopo arrivò una équipe di medici legali statunitensi che esaminò i resti della famiglia Lanouscou. Smentì categoricamente il referto dell'ufficiale medico della polizia: i genitori e i due figli Roberto e Barbara erano stati uccisi a causa delle ferite riportate dall'esplosione ravvicinata di granate lanciate da fucili. I resti attribuiti alla piccola Matilde appartenevano in realtà a un piede di adulto: la bambina quindi era stata rapita.

La messinscena non lasciava dubbi sul fatto che la neonata fosse stata presa da qualcuno che aveva partecipato all'assalto della casa. L'incessante lavoro di ricerca delle Nonne arrivò a identificare una coppia con una bambina che poteva essere Matilde. L'uomo era tenente di polizia e si era particolarmente distinto nella caccia ai sovversivi, la donna aveva quarantadue anni nel 1976 e non poteva avere figli a causa di un tumore che l'aveva colpita molti anni prima. I due, contro ogni evidenza, sostennero che la bambina era loro figlia naturale ed esibirono certificati fasulli rilasciati da medici complici della dittatura. Si opposero all'esame del DNA e trovarono un giudice che dette loro ragione.

«Adesso si chiama Mercedes» mi informò, concludendo il racconto. Mi rivolse un timido sorriso e cominciò a riordinare le tazze.

Posai una mano sulla sua: «A cosa pensi, nonna Amelia, prima di addormentarti?».

«A la nena. Penso sempre a lei». Uscendo dalla stanza si voltò: «È duro e triste vivere seguir luchando. A volte mi sento tanto stanca».

CAPITOLO QUARTO
Abel

N el frattempo la sede si era riempita di gente. Sentivo voci, rumori di fotocopiatrici e il cliccare dei mouse. Iniziai a gironzolare, scoprendo che si trattava di un grande appartamento dai soffitti tanto alti da poterne ricavare in diversi punti dei soppalchi. Ovunque raccoglitori, dossier, libri. Alle pareti manifesti, targhe, fotografie e attestati di solidarietà da tutto il mondo. Mi soffermai a osservare la foto di un neonato, sfuocata. Sotto, a macchina, qualcuno aveva scritto: Emiliano Ginés, muerto de tristeza. Fermai un tipo che passava in quel momento e gli indicai la fotografia.

«Una brutta storia. Il bambino finì tra le grinfie del giudice Marta Delia Pons» disse sospirando. Cercò un dossier in uno scaffale e lo sfogliò velocemente. «Era nato il sei dicembre del '76» disse, leggendo qua e là. «Figlio di Marta Ester Scotto e Juan Antonio Ginés, dirigente del sindacato degli edili. La loro casa venne attaccata il quattordici ottobre 1977. Quando le prime raffiche di mitra bucarono le finestre, la madre prima di venire colpita riuscì a nascondere il bambino tra due mobili. I militari lo trovarono ancora vivo dopo l'irruzione e lo consegnarono a un vicino. Non lo portarono via perché per loro era privo di interesse: era un bambino down.

«Un mese più tardi, il vicino si presentò al commissariato di polizia, perché le forze dell'ordine provvedessero a consegnarlo ai parenti dei sovversivi uccisi. Finì sotto la giurisdizione della dottoressa Pons, giudice minorile, che lo registrò come N.N. e lo affidò a un orfanotrofio. Morì il primo settembre del '78. Di tristezza... Così muoiono i bambini affetti da questa sindrome quando sono abbandonati. La dottoressa lo fece sotterrare come N.N. nel cimitero di La Plata. Le Nonne lo individuarono nel 1984 e denunciarono pubblicamente Delia Pons che non solo conosceva l'identità del bambino e le sue condizioni di salute ma soprattutto sapeva dell'esistenza di parenti dei genitori, perfettamente in grado di accudirlo».

«Come Bussi è governatore, scommetto che la giudice ammazzabambini è ancora al suo posto» ironizzai.

«Esatto». Rimise a posto il dossier e ne prese un altro. «Queste sono le testuali parole che la Pons disse alle Nonne nel 1978: "Sono convinta che i vostri figli erano terroristi, e terrorista è sinonimo di assassino. Non ho nessuna intenzione di restituire loro i figli perché non hanno nessun diritto di crescerli. Tantomeno li darò a voi. È illogico traumatizzare delle creature ora affidate a famiglie decenti che sapranno educarle come voi non avete saputo fare con i vostri. Dovrete passare sul mio cadavere prima di ottenere l'adozione di uno di loro"».

Chiuse di botto il fascicolo e dopo averlo rimesso a posto si infilò in una stanza, sedendosi davanti a un computer. Era sui quarantacinque anni, forse qualcuno di più. Corpulento, baffi, occhiali e folti capelli castani: una faccia aperta e simpatica. Si accese una sigaretta. «Almeno Delia Pons era sincera» continuò, iniziando a digitare sulla tastiera. «Le Nonne hanno avuto a che fare con giudici che si mostravano scandalizzati e indignati per i crimini della dittatura e intanto, di nascosto, davano in adozione alle famiglie dei militari i figli dei desaparecidos. Non potranno mai dimenticare personaggi come Fugaretta, Quesada, Mitchell o Muller. Fugaretta arrivò al punto di affidare un bambino rapito, Juan Pablo Moyano, a una prostituta».

«Cos'è questo posto?» domandai incuriosito. «Ho fatto politica, so riconoscere la sede di un partito, di un gruppo extraparlamentare, di un'associazione culturale o di difesa dei diritti umani. Qui si respira un'aria strana».

«In che senso?» chiese, scoccandomi un'occhiata curiosa. Come nonna Amelia, anche lui si era appena reso conto che giungevo da un'altra realtà.

«La dittatura è finita nel 1983 e qui la gente lavora con un ritmo frenetico... sproporzionato per il passato e anche per l'immediato futuro dato che non mi sembra ci siano in vista svolte storiche...».

«Continuiamo a cercare i bambini e la verità sui desaparecidos» disse con naturalezza.

«Ma sono passati vent'anni» ribattei perplesso. Con il pollice indicai la porta alle mie spalle: «Sono anziane» aggiunsi a bassa voce, «è una lotta contro il tempo...».

«Se è per questo molte di loro se ne sono già andate» ribatté e per qualche momento la sua mente vagò tra i ricordi. «Ma l'associazione oggi si occupa dell'infanzia in generale e da questo punto di vista sopravviverà anche alle Nonne. In Sudamerica i bambini vivono enormi problemi: dalla fame allo sfruttamento, dall'analfabetismo alla prostituzione...».

«Deve essere duro lavorare con donne che vivono da vent'anni esperienze allucinanti: figli ammazzati, nipoti rapiti...».

L'uomo mi interruppe con un gesto della mano: «Le posso capire. Mio figlio è nato in un campo di concentramento clandestino».

Mi lasciai cadere su una sedia. «Scusa. Sono italiano e sono qui da un giorno soltanto...» balbettai arrossendo.

«Non ti preoccupare» disse con un mezzo sorriso. Mi tese la mano: «Abel Madariaga» si presentò.

«Massimo Carlotto. Porti un cognome basco» constatai.

«La mia famiglia è originaria di Irún» confermò. «E tu invece porti lo stesso cognome di Estela».

«Magari siamo anche parenti... Tua moglie è stata sequestrata incinta?» domandai, incapace di staccarmi dalla sua storia, come aveva predetto il vecchio Inocencio.

«Sì, di quattro mesi» disse, togliendosi gli occhiali e pulendoli sul bordo del maglioncino verde.

Si chiamava Silvia Quintela ed era chirurgo all'ospedale San Fernando della città di Tigre. Se la llevaron, la sequestrarono, il diciassette gennaio 1977 nella località di Florida, in provincia di Buenos Aires. Anni dopo, ex prigionieri del centro di tortura clandestino di Campo de Mayo riconobbero Silvia nella vecchia fotografia che Abel stringeva tra le mani e testimoniarono che la donna partorì a luglio un maschietto a cui diede il nome di Francisco. Poté tenerlo tra le braccia qualche ora, poi i soldati lo portarono via. Lei scomparve dalla cella il giorno seguente.

In quel periodo, Madariaga era riparato da qualche mese a Rio de Janeiro, sotto la protezione delle Nazioni Unite. Sperava di avere notizie da un giorno all'altro ma dovette attendere la fine della dittatura per scoprire di essere rimasto solo. I genitori di sua moglie, dopo il sequestro, avevano tentato ogni via legale per avere notizie, ma i golpisti negavano sempre. Talvolta, non esitavano a sprecare la parola d'onore dell'eroico esercito argentino, altre volte si divertivano a sfottere, malignando su fughe amorose...

Quando seppe di essere diventato padre, Abel si unì alle Nonne di Plaza de Mayo per ritrovare Francisco che ormai aveva compiuto sei anni. Ricerche affannose tra la memoria piagata dei sopravvissuti fecero emergere un nome: Norberto Atilio Bianco[1], ufficiale medico dell'esercito, torturatore, responsabile dei parti delle prigioniere e dello smistamento dei neonati. Era lui che aveva "assistito" Silvia durante il travaglio.

Lo denunciarono, ma lui fuggì in Paraguay, rifugio di golpisti in disgrazia e di ex nazisti. Come ricordo della sua terra natia portò con sé due bambini. Ma non erano figli suoi.

---

[1] Nel marzo del '97 Norberto Bianco e la moglie Susana Wehrli sono stati arrestati in Paraguay ed estradati in Argentina per il reato di sequestro di persona minore di dieci anni, reato non amnistiato dal governo argentino. I due ragazzi, Pablo Hernan di diciannove anni e Carolina Susana di venti, risiedono ancora ad Asunción e sono in attesa di essere sottoposti all'esame del DNA per l'accertamento della loro vera identità.

«Uno dei due potrebbe essere Francisco?» chiesi stupidamente.

Madariaga scosse la testa: «Io so solo che è nato. Quando la democrazia sostituì la dittatura militare tornai dall'esilio convinto di ritrovarlo. Eravamo tutti sicuri che il Paese non si sarebbe limitato a una condanna morale dei torturatori e degli assassini ma che li avrebbe perseguiti, pretendendo la verità sui desaparecidos e, soprattutto, la restituzione dei bambini. Non è accaduto proprio nulla di tutto questo. I pochi bambini restituiti alle famiglie sono stati localizzati grazie all'attività di questa associazione, al termine di estenuanti battaglie giudiziarie».

Lo guardai accendersi un'altra sigaretta. Anch'io un tempo avevo riempito di fumo i buchi della mia vita. «I bambini non sono più bambini...» commentai.

«Certo» ribatté deciso, «Francisco ha già compiuto diciannove anni, ma non smetterò mai di cercarlo. L'associazione delle Nonne ha costituito una banca di dati genetici presso un ospedale della capitale. Fino al 2.050 verranno conservate provette con il nostro sangue. L'esame del DNA è l'unico modo per poter accertare l'identità dei nostri figli o nipoti» concluse alzandosi dalla sedia. Mi fece cenno di seguirlo. Entrammo in una stanza dove una quarantenne, dal viso dolce e dalla voce gentile, conversava con un ragazzo sui vent'anni. Foruncoli, bomber, jeans, scarpe da ginnastica reclamizzate da un gigante del basket yankee.

Un anno prima aveva scoperto di essere stato adottato. Gli avevano raccontato che era stato trovato dalla polizia mentre vagava di notte nella città deserta per il coprifuoco e consegnato successivamente a un orfanotrofio. Era convinto di essere figlio di desaparecidos perché i genitori adottivi gli avevano confidato che quando era stato raccolto dai poliziotti era ben vestito e ben nutrito. Non era stato certo abbandonato da una famiglia disperata che non era in grado di mantenerlo.

Qualche tempo prima aveva letto su un quotidiano l'appello

delle Nonne agli adolescenti adottati, o convinti di esserlo, di presentarsi in avenida Corrientes per essere sottoposti ai test genetici. Ed eccolo là, a colloquio con una psicologa che stava raccogliendo la sua storia.

Tornando nel suo ufficio, Abel mi spiegò che le nonne si avvalevano dell'aiuto di esperti perché l'approccio degli adolescenti alla propria identità era sempre una questione delicata. Anche quando si verificava che il ragazzo non era figlio di scomparsi, l'associazione lo aiutava a orientarsi nei suoi problemi giovanili.

«Com'è la tua vita, oggi?» domandai all'improvviso.

«La vita normale di un uomo che sigue luchando».

Mi aveva risposto come nonna Amelia: lei era stanca per la vecchiaia, ma solo la morte poteva indurla a smettere di essere una nonna di Plaza de Mayo. Lui bruciava di energia, per quell'associazione avrebbe dato tutto, ancora per lungo tempo. Abel era certamente un uomo coraggioso. Avrei voluto chiedergli se si era innamorato nel frattempo di un'altra donna, ma qualcosa nei suoi occhi mi disse che Silvia era ancora lì, sola, a occupare il suo cuore. L'immagine di lei, incinta e indifesa, in mano alla soldataglia, doveva procurargli, malgrado gli anni trascorsi, una tristezza infinita.

CAPITOLO QUINTO
Elena

Il volto di Abel si illuminò di dolcezza quando fece il suo ingresso nella stanza una ragazza dai capelli castani e con un'espressione sbarazzina.

«Ti presento Elena» mi disse. «È la prima bambina, nata in un campo clandestino, che ha potuto essere restituita alla sua famiglia grazie all'intervento delle Nonne».

Mi strinse distrattamente la mano e intavolò con Madariaga una conversazione allegra e veloce. Non riuscivo a smettere di fissarla. Era il primo segno di vita dopo tutti quei racconti di morte.

Se ne andò ridacchiando e Abel mi raccontò che suo padre, Miguel Angel Gallinari, era stato sequestrato il ventitré giugno del 1976. Il sedici settembre la stessa sorte era toccata alla sua compagna, María Leonor Abinet, incinta di sette mesi, insieme alla madre Leonor Alonso. Furono torturate insieme per tre giorni. Poi i soldati decisero di liberare la madre. La gettarono in strada scalza e con addosso la camicia da notte che indossava quando era stata sequestrata. Da allora non smise mai di cercare, e riuscì a ottenere la restituzione di Elena nel 1987.

«Il resto fattelo raccontare da lei, se ne ha voglia. Io devo tornare a lavorare» troncò, gentile ma fermo.

Uscii dalla stanza a cercare la ragazza. La trovai in cucina, intenta a prepararsi un tè. Le sorrisi: «Vivi con la nonna?».

«No. Con lo zio Guillermo e sua moglie Ana».

La tranquillità del suo volto mi diede il coraggio di chiedere. «Come hanno fatto le nonne a trovarti?».

Si strinse nelle spalle, indecisa sul numero di cucchiaini di zucchero da aggiungere alla bevanda. «Con il test genetico» rispose un po' secca. Poi sorrise e continuò in tono più dolce: «La nonna non credeva che fossi viva, ma poi ha cominciato a sognare ogni notte la mamma e il papà che a gesti le chiedevano di alzarsi dal letto... e alla fine si è convinta».

«Donna coraggiosa tua nonna» commentai, sedendomi vicino a lei.

«Sì» confermò con orgoglio.

Nel 1981, una donna avvicinò con cautela le Nonne, informandole che un poliziotto, tale Madrid, teneva in casa una bambina, figlia di desaparecidos.

Le Nonne iniziarono a indagare e scoprirono che i Madrid poliziotti erano tre: il padre e due figli. Fin dall'inizio avevano partecipato attivamente ai sequestri, al punto di poter avviare una florida attività commerciale. A La Plata avevano aperto un negozio di mobili provenienti dalle case dei sequestrati.

Qualche mese dopo le Nonne localizzarono un'altra donna che poteva dare loro informazioni sui poliziotti e sulla bambina. In una serie di incontri clandestini, vennero a sapere che veniva chiamata Viviana Nancy e viveva a City Bell nella casa di uno dei figli, Domingo Luis Madrid. Dovettero attendere la fine della dittatura e poi ancora tre anni per riuscire a ottenere dalla magistratura federale l'autorizzazione per sottoporre la bambina al test genetico. Il tutto tra minacce e tentativi di depistaggio da parte dei Madrid e dei loro complici.

I dati delle analisi permisero di stabilire che Viviana Nancy era in realtà Elena Gallinari. Il ventuno aprile 1987, la bambina venne prelevata a scuola dalle autorità e consegnata ai parenti dei suoi genitori naturali. Il poliziotto perse la testa e minacciò la maestra con la pistola.

«Quando mi vennero a prendere, una giudice mi disse che dovevamo parlare» mi spiegò Elena, passando il dito sul bordo della tazza. «Io sapevo già di essere stata adottata e quando lei

mi raccontò che mio papà e mia mamma non mi avevano abbandonato, come mi era stato detto, ma che erano stati sequestrati,
volli sapere due cose: se quelli che io avevo chiamato mamma e
papà fino a quel momento ne erano a conoscenza e che cosa era
successo esattamente ai miei veri genitori».

«E adesso lo sai?» domandai con un sussurro.

«Sì. La nonna all'inizio si opponeva alla ricerca dei corpi.
Poi l'ho convinta e abbiamo ritrovato le ossa di papà. A me
sembra giusto sapere dove si trovano... Così, per andare a mettere un fiore».

«Anch'io vorrei saperlo» concordai; poi la incalzai incuriosito: «E i tuoi genitori adottivi li hai più rivisti?».

«Solo "lui". Un giorno mi ha aspettato davanti a casa con
altri quattro poliziotti. Gli ho detto di andarsene; in mio aiuto
è arrivata altra polizia che li ha allontanati. Un'altra volta ha
minacciato la nonna, ma lei ha finto di avere una pistola nella
borsa».

La ringraziai del racconto e mi alzai.

«Il giorno in cui l'ho conosciuta» sussurrò Elena guardando
fuori dalla finestra, «la nonna mi ha mostrato una foto di
mamma e papà che si abbracciavano. Mamma aveva il pan-
cione. Dentro c'ero io».

Nonna Amelia mi avvertì che quella mattina Estela Barnes de Carlotto non sarebbe venuta. Era impegnata in una conferenza stampa nella sede del movimento Servicio Paz y Justicia del premio Nobel Adolfo Pérez Esquivel.

Una ventina di minuti dopo entravo in una stanza piena di gente dai volti preoccupati e indignati. Ascoltavano madri e dirigenti sindacali: da un lato protestavano contro la polizia che il giorno prima, approfittando di uno sciopero generale, aveva gettato a terra con gli idranti le Madri e le Nonne in Plaza de Mayo, per aiutarle poi a rialzarsi a colpi di manganello; dall'altro denunciavano il tentativo della polizia di trasformare Esquivel in un terrorista, per poterlo ammazzare senza problemi, ovviamente. Dagli ambienti polizieschi di Buenos Aires era stata fatta filtrare ad arte la notizia che la carica del giorno prima era stata resa necessaria per scongiurare un attentato. Una bomba costruita dallo stesso Esquivel sarebbe dovuta scoppiare nella piazza.

«Quando cominciano a far circolare voci del genere, significa che ti stanno prendendo le misure per la tomba» mi sussurrò un sindacalista della CTA che aveva notato la mia espressione perplessa.

Cercai di individuare Estela e fui subito certo che fosse la donna elegante e fine che giocherellava con una collana. Quando per ultima prese la parola ebbi l'immediata certezza, nonostante il tono naturalmente pacato e le parole misurate e semplici, di trovarmi di fronte a una "consumata" e capace dirigente politica, una mujer luchadora. E osservando l'attenzione e il rispetto con cui veniva ascoltata, non ebbi dubbi sul fatto che fosse unanimemente considerata una leader.

Da giovane doveva aver fatto girare la testa a parecchi ragazzi. Ora, a sessantacinque anni, era ancora una bella donna che sfidava il mondo con un'espressione fiera e determinata.

La conferenza si tramutò in un dibattito. Stanco di ascoltare iniziai a gironzolare per la sede. Salendo al piano di sopra vidi su una porta una targa con la scritta: "Madres de Plaza de Mayo – Linea Fundadora".

Bussai e mi trovai di fronte due signore. Sedute a una scrivania chiacchieravano con la confidenza di due vecchie amiche. Mi colpì il tono: delicato e mesto. Non potei fare a meno di scrutare i loro occhi e leggervi un vivissimo, attonito dolore.

Mi sedetti vicino a loro. «Sto aspettando la fine della conferenza per poter parlare con Estela Carlotto. Portiamo lo stesso cognome...» spiegai. E raccontai la storia del nonno. Poi calò il silenzio.

«Una notte sono arrivati i soldati...» attaccai con tono da "c'era una volta".

«E se llevaron Augustina María, mia figlia» disse la prima, alla mia destra.

«Se llevaron Daniel José, mio figlio» disse l'altra.

Augustina Paz era una bella donna tra i cinquantacinque e i sessant'anni, dai lunghi capelli di un bel castano chiaro. La raffinata eleganza del suo tailleur sottolineava l'appartenenza all'agiata borghesia di Buenos Aires. «Si chiamava Augustina María Muniz Paz», spiegò, «la sequestrarono il venti aprile del 1976. Fino al '73 aveva simpatizzato per la Gioventù Universitaria Peronista, poi si era stancata e non si era più occupata di politica. Di lei non ho più saputo nulla. Capisce cosa voglio dire?».

«Penso di sì» risposi cauto.

«Sono più di vent'anni che cerco di avere sue notizie, ma

finora non ho trovato né una traccia, né un testimone. Capisce cosa voglio dire?».

Non attese la mia risposta e continuò: «È un inferno vivere così. La dittatura continua a torturarci, noi famigliari, ininterrottamente da vent'anni. Nemmeno il nazismo è arrivato a tanto: alle famiglie degli oppositori politici eliminati veniva sempre comunicato il decesso. Mia figlia non si occupava più di politica da tre anni. Capisce cosa voglio dire?».

«Quando ha deciso di unirsi alle Madri?» domandai.

«Quasi subito. Ricordo che la prima volta che andai in Plaza de Mayo le gambe mi tremavano così tanto che si sentiva il rumore dei ginocchi che sbattevano l'uno contro l'altro. Eravamo poche, circondate da centinaia di poliziotti...».

«E di Daniel José ha mai avuto notizie?» domandai all'altra donna.

Margarita Peralta Gropper scosse la testa: «Nessuna. A diciannove anni se lo tragó la tierra» rispose con quella dura espressione argentina. «Anche lui non si occupava di politica. Studiava medicina e una notte fece dormire nello studio del padre, psichiatra, due compagne di facoltà che temevano di essere sequestrate. L'hanno torturato e ammazzato per aver prestato un paio di chiavi».

«Per eliminare duemila guerriglieri che si opponevano alla dittatura, ne hanno ammazzati trentamila. Capisce cosa voglio dire?» intervenne Augustina Paz.

«Quanti?» chiesi incredulo.

«Trentamila solo i desaparecidos, ma è una cifra puramente simbolica perché non tutte le famiglie hanno fatto denuncia di scomparsa: qui la gente ha ancora paura. Capisce cosa voglio dire?».

«Poi bisogna aggiungere i quindicimila fucilati nelle strade o ammazzati nei finti conflitti a fuoco organizzati dalla polizia e dall'esercito, novemila detenuti politici, e un milione e mezzo di esiliati» aggiunse Margarita. «Ma noi, all'inizio, non potevamo immaginare che li avrebbero ammazzati tutti. Dopo che sequestrarono mio figlio, io e mio marito andammo a chiedere notizie al comando militare. Ci dissero che non sapevano nulla. La loro tattica consisteva nel negare sempre. Io riconobbi uno di quelli che erano venuti a prendere mio figlio e loro mi dissero che ero loca, pazza. Tornammo a casa convinti che si trovasse in carcere. In fondo era così giovane e non aveva fatto nulla che potesse mettere in pericolo la sua vita.

«Il ventotto aprile del 1980 mio marito partecipò a un congresso di psichiatria, qui nella capitale. Alcuni colleghi ben informati sulle indagini degli organismi internazionali dei diritti umani gli confidarono che i desaparecidos erano tutti morti. Tornò subito a casa; la notte lo fulminò un infarto».

«I nostri uomini non hanno resistito al dolore» intervenne ancora Augustina, «o sono morti di crepacuore o si sono chiusi in se stessi cercando di dimenticare. E tra le mamme e le nonne hanno retto solo quelle che hanno deciso di scendere in piazza, di lottare unite. Le altre si sono spezzate. Capisce quello che voglio dire?».

«No» risposi sincero.

«Lo definiscono il tema del duelo, del lutto» spiegò ancora Paz. «Se una madre può stringere tra le braccia, seppellire e piangere il figlio assassinato, riesce a farsene una ragione e a vivere il lutto. Ma se il figlio è desaparecido, morto chissà come e sepolto chissà dove, allora la madre non riesce a razionalizzare il lutto e la vita è un dolore continuo... Seguimos luchando perché non abbiamo più paura. Possono fermarci solo con la morte. Capisce cosa voglio dire?».

«Perfettamente, mamá Augustina».

CAPITOLO SETTIMO
Arturo

I n che senso, "forse" siamo parenti?» domandò sorpresa
Estela Barnes de Carlotto.

L'avevo avvicinata mentre, al termine della riunione, stava
conversando con un paio di madri. Mi ero presentato e avevo
borbottato qualcosa sul fatto che portavamo lo stesso cognome.
«La sua famiglia è di origine veneta?» azzardai timidamente.

«Sì, di Arzignano, nel vicentino».

«Ma è il paese della famiglia del nonno!» esclamai.

Lei mi raccontò che il padre di suo marito, Guido Carlotto,
aveva dovuto abbandonare l'Italia per sfuggire alle persecuzioni fasciste e si era rifugiato in Argentina stabilendosi nella
città di La Plata, a una cinquantina di chilometri dalla capitale.

Il nome non mi era nuovo e frugando tra i ricordi dei legami
parentali alla fine, non senza una certa emozione, le domandai:
«Per caso, questo Guido era il figlio del panettiere-pasticcere
che aveva la bottega vicino al municipio del paese?».

«Sì» ripose senza esitazione.

«Allora, Guglielmo e Guido erano cugini... Siamo parenti,
anche se alla lontana, señora Estela» sussurrai incredulo.

Mi strinse in un abbraccio rapido ma con sincera conten-
tezza. Poi, leggendo nei miei occhi la domanda che non avevo
ancora osato esprimere: «La nostra famiglia è stata duramente
perseguitata dalla dittatura» iniziò a spiegare. «Una delle mie
figlie, Laura, che militava nei Montoneros, è stata sequestrata
incinta di due mesi e tenuta in vita fino al parto. Poi è stata
assassinata. Sappiamo che ha dato alla luce un maschietto a cui

ha dato il nome Guido. Come suo padre e suo nonno. Lo stiamo cercando da diciannove anni».

Non sapevo che dire. In quel momento il mio viso doveva esprimere dolore e stupore. Probabilmente la stessa espressione di Augustina e Margarita. In realtà il primo pensiero lo rivolsi al mio destino. Nessuna tregua: mai. Basta poco per cambiare il corso di una vita. Quella volta mi era stato sufficiente attraversare una strada.

Estela volle presentarmi a madri, nonne, dirigenti di associazioni umanitarie e sindacalisti. Strinsi anche la mano del premio Nobel. Rimanemmo un attimo soli e lei ne approfittò per informarsi sul motivo del mio viaggio in Argentina. Iniziai precipitosamente ad ammonticchiare parole, nel tentativo di organizzare un discorso sensato. Ma non ci riuscii. Il breve tempo a mia disposizione terminò. «Bene, nipote» disse Estela, prendendomi sotto braccio, «il resto me lo racconti in taxi, devo tornare immediatamente all'associazione. Ho una riunione importante».

In realtà non riuscimmo a scambiare una parola. Io sedevo davanti con l'autista, lei dietro, stretta tra due donne con le quali parlava fittamente. Tornati in avenida Corrientes, Estela mi fece visitare la sede, e mi presentò alle persone che incontrammo in quel dedalo di stanze e soppalchi. Nessuno mostrò meraviglia per l'incredibile incontro tra la loro presidentessa e un lontano parente italiano, ma era comprensibile: la vita li aveva abituati a ben altro genere di sorprese.

Estela si scusò e scomparve nel suo studio dove era attesa per la riunione. Il mio status di parente mi permise di continuare a gironzolare e a curiosare.

Vidi un uomo fumare una sigaretta alla finestra e mi avvicinai.

«La mia guida turistica dice che questo era il quartiere frequentato da Carlos Gardel» attaccai in tono esageratamente discorsivo.

«Quello è l'ex mercato dell'Abasto» ribatté, indicando un'enorme costruzione dall'altra parte della strada. «Gardel ci faceva la spesa, per questo veniva chiamato El morocho del Abasto».

Cambiai discorso: «Lei e Abel siete gli unici uomini che ho visto qui finora» constatai.

«Ho saputo che stamattina hai parlato con Elena» disse, ignorando le mie parole, «che impressione ti ha fatto?».

«Ottima» risposi convinto. «Mi ha dato l'impressione di convivere bene con la sua storia».

«È vero» concordò pieno di orgoglio.

«Sei un suo parente?» domandai, dandogli anch'io del tu.

«No. La conosco bene perché ho fatto parte per lunghi anni dell'équipe di psicologi che collabora con le Nonne».

«Ti sei occupato dei bambini ritrovati?».

«Non solo» sospirò. «Purtroppo quelli sono pochi. Mi sono occupato in generale di figli di desaparecidos. Finora ho seguito più di cinquecento ragazzi». E fu così che conobbi Arturo Galiñanez. Quel giorno era di passaggio, in visita alle Nonne. Da qualche anno viveva e lavorava a Río Negro, in Patagonia, ma era nato nella capitale quarantasette anni prima, figlio di esuli galiziani che erano fuggiti da una dittatura per viverne un'altra, altrettanto feroce. Gli domandai perché aveva scelto di sostenere la battaglia delle Nonne.

«Sentivo di dover fare anch'io qualcosa per riparare alle malvagità della dittatura. Mi sono laureato in un periodo in cui all'università gli studenti sparivano uno dietro l'altro. La notte li inghiottiva e intorno a me si faceva il vuoto. Poi incontrai le Nonne. Donne coraggiose, senza ormai più nessuna paura, ma allo stesso tempo fragili, per l'età, il dolore e la solitudine, in maggioranza casalinghe. La loro è stata una lotta quotidiana prima contro la barbarie della dittatura, poi contro l'indifferenza della burocrazia e della società argentina in generale...».

«Le madri e le nonne sono viste spesso con fastidio dalla gente» continuò in tono confidenziale, dopo essersi acceso un'altra sigaretta. Ma non riempiva buchi come Abel. Il tabacco nero che gli arrochiva la voce, dava gusto a un mestiere che gli aveva fatto conoscere vittorie e sconfitte. «Sono la coscienza di questo Paese, i loro fazzoletti bianchi ricordano continuamente i crimini dei militari... e sono in troppi quelli che non ne vogliono più sentir parlare. E poi sono donne e hanno avuto il coraggio di sfidare il machismo della dittatura... e dell'Argentina di oggi. Loro sono la cosa migliore di questo Paese enorme, corrotto. Si discute sulla questione dei bambini rapiti: alcuni sostengono che poco importa se sono vissuti con chi assassinò materialmente i loro genitori... ormai sono grandi, abituati a chiamare mamma e papà chi li ha cresciuti».

La sua voce si fece dura per lo sdegno: «Ogni essere umano ha diritto alla propria identità: questo è il senso della lotta delle Nonne. Ai figli dei desaparecidos, oltre l'identità, è stata falsificata la memoria della propria famiglia. Sono vissuti nella menzogna e un bambino, anche piccolo, se ne rende conto. Ho avuto modo di verificare che quasi sempre i bambini preferiscono conoscere la verità e andare a vivere con i parenti dei loro veri genitori, anche se è un trauma terribile scoprire di essere stati adottati e venire a sapere che i loro genitori sono scomparsi. Il mio lavoro, per molti anni, è stato quello di dare loro gli strumenti per ricostruirsi un'identità».

Si voltò e il suo sguardo vagò per la stanza in cerca di qualcosa. Da sopra un mobile prese una cornice in argento. Conteneva due foto: due ragazzine con una certa somiglianza.

«Sorelle?» ipotizzai.

«No, è la stessa ragazza. È figlia di una coppia di scomparsi. Quando i genitori vennero sequestrati, venne data in affidamento a una donna poliziotto. Le Nonne la ritrovarono e dopo una dura battaglia legale, fu restituita alla famiglia: ai nonni e agli zii». Indicò una delle due fotografie: «Questa è stata scattata quando viveva con la poliziotta: una bambina bruttina, grassoccia, infelice, spaurita, e questa» indicò l'altra con evidente soddisfazione, «è la ragazzina di oggi, bella, sicura, e sufficientemente forte per affrontare la realtà della sua situazione».

«Vuoi bene a questa gente, vero?» commentai, «il tuo non è stato solo un impegno professionale».

Si schermì con un mezzo sorriso: «È impossibile non amare le Nonne e i loro nipotini».

«Come mai tanto accanimento contro i bambini e le donne incinte?».

«Era un preciso aspetto della metodologia repressiva della desaparición. Da un lato la gente spariva in modo misterioso – questo serviva a seminare tra la popolazione terrore e incertezza sulla propria sorte – dall'altro, rapire i bambini serviva a distruggere le famiglie dei desaparecidos con l'obiettivo di eliminare per sempre un tessuto sociale potenzialmente in grado di opporsi alla dittatura».

Schiacciò la sigaretta nel portacenere e mi invitò a seguirlo in cucina. Parlare gli aveva fatto venire voglia di bere una tazza di mate.

«La dittatura aveva organizzato due strutture repressive: una legale e l'altra illegale. La prima, con un bel teatrino di tribunali e carceri, serviva da copertura agli assassini. Agivano in gruppi perfettamente organizzati e coordinati che i militari e la polizia chiamavano "operativi", la gente patotas. Quasi sempre si trattava di gruppi misti di appartenenti ai vari corpi dell'esercito e delle forze dell'ordine. Per non essere riconosciuti si chiamavano tra loro con nomi di battaglia: Fragote, Raviol, Chacal, Chispa, Ratón...» riprese a raccontare dopo aver riempito d'acqua il bollitore. «Arrivavano a qualunque ora della notte e del giorno. Mascherati e armati entravano nelle case sfondando la porta, urlando e sparando. Portavano via sempre qualcuno, a volte famiglie intere. Quando trovavano dei bambini, se non erano morti durante la sparatoria iniziale portavano via anche loro. Raramente li lasciavano ai vicini, o li abbandonavano per strada, oppure davanti ai portoni degli ospedali o degli orfanotrofi. Se erano neonati o molto piccoli, li vendevano o li regalavano a famiglie di militari e poliziotti che non potevano avere figli. Quando però la patota sequestrava una donna incinta, il cattolicissimo esercito argentino, con un controllo medico costante perché non morisse o abortisse a causa delle torture, si premurava di tenerla in vita fino al parto per poi strapparle il neonato partorito su qualche tavolaccio o lurido pavimento di una cella e regalarlo o venderlo al miglior offerente. C'era addirittura un tariffario. I prezzi variavano a seconda della bellezza della madre e del suo stato sociale...».

«E poi?».

«A quel punto la madre veniva eliminata. Come tutti gli altri».

«E le donne sapevano che avrebbero fatto quella fine?».

«Sì. Incredibilmente i casi di aborto furono davvero pochi. Sopportarono tutto con grande coraggio, attaccandosi alla vita con le unghie pur di portare a termine la gravidanza. Dare la vita a quei bambini era il loro testamento. Un atto d'amore... E di ribellione...».

«Estela» lo interruppi, «mi ha detto che sua figlia Laura è stata assassinata. Non ha usato il termine desaparecida. Come mai?».

«Perché è stata ritrovata. I famigliari te lo spiegheranno nei particolari. È una vicenda molto lunga... e crudele... Dopo il parto la portarono in una strada deserta e le spararono. Non ricordo se alla nuca o in faccia. Sicuramente il secondo colpo al ventre, con un fucile a pompa, per tentare di occultare la maternità».

Per la prima volta nella mia vita assaggiai il mate. Lo bevvi molto zuccherato. Troppo, secondo il gusto argentino. Arturo mi osservava in silenzio. «Devo ancora "elaborare" la notizia» sbottai, pensando di anticipare una domanda che, magari, non aveva mai avuto l'intenzione di pormi. «Ho come l'impressione però di essere arrivato in Argentina con vent'anni di ritardo» aggiunsi pensoso.

CAPITOLO OTTAVO
Rosa

Una nonna mi portò un messaggio di Estela che mi consigliava di non attendere la fine della riunione e di tornare il giorno dopo. Cercai di dissimulare la delusione con una serie di «d'accordo, va bene, capisco».

«Mi chiamo Rosa de Roisinblit» si presentò, «e sono la vicepresidente dell'associazione».

Mi alzai in piedi per stringerle la mano. La prima cosa che notai fu la stella di Davide che portava al collo, poi il mio sguardo si soffermò sui corti capelli rossi, sul viso picchiettato di lentiggini e su un paio di occhialini dalle lenti piuttosto spesse.

"Un'altra storia" pensai, quasi con avidità, e udii la mia voce domandare: «Anche lei, come Estela, cerca un nipote?».

«Sì» rispose. «Mia figlia Patricia Julia partorì un maschietto nel campo di concentramento clandestino della ESMA, sigla che indica la scuola di meccanica della marina. Lo chiamò Rodolfo Fernando» continuò, sedendosi al mio fianco su un divanetto.

«A ventisei anni era già laureata in Biologia e le mancavano solo quattro esami per laurearsi in medicina» continuò orgogliosa. «Già mamma di una bambina di quindici mesi, era all'ottavo mese di gravidanza quando se la llevaron... E il fatto di essere ebrea» disse, toccando la stella, «non l'aiutò di certo».

Era il sei ottobre 1978. Il marito, José Perez Rojo, stava badando a dei clienti nel suo negozio di giocattoli quando fece irruzione una patota. Incappucciato e ammanettato venne caricato su una macchina e portato al suo appartamento, mentre un'altra squadra di poliziotti caricava i giocattoli su un camion.

Patricia stava riposando insieme alla figlia quando si ritrovò circondata da uomini armati e mascherati. Mariana venne affidata ad alcuni parenti di José, i quali, mentre raccoglievano la bambina, udirono le grida della madre provenire dal baule della macchina.

Rosa corse all'appartamento di Patricia e lo trovò completamente vuoto. E da quel momento iniziò il suo percorso di loca. Sola: famigliari, parenti e amici non riuscirono a superare il terrore. Presentò istanza di habeas corpus in tribunale, visitò tutti gli ospedali e tutte le carceri, si recò al Ministero dell'Interno e al dipartimento di polizia. Ovunque la cacciarono o la derisero. Alla fine decise di rivolgersi al rabbino che scrisse una lettera di presentazione per l'ambasciata di Israele. Lì venne a sapere che ogni mercoledì un incaricato si recava al Ministero dell'interno con la lista degli scomparsi di confessione ebraica e riceveva sempre la stessa risposta negativa.

Stanca di lottare da sola, si unì alle Nonne e grazie all'associazione venne a sapere, alcuni anni dopo, che un'ex prigioniera della ESMA, esule a Ginevra, aveva notizie di Patricia. Rosa si imbarcò sul primo aereo diretto in Svizzera.

Amalia María Larralde raccontò che, per la sua qualifica di infermiera professionale, le fu ordinato di assistere la partoriente in una cella piccola, buia e senza ventilazione, vicino al circolo ufficiali. Amalia si trovò di fronte una donna terrorizzata e scioccata per aver dovuto assistere per giorni e giorni alle torture inflitte al marito. Il parto ebbe luogo il quindici novembre 1978, sotto il controllo del dottor Jorge Luis Magnacco[1], ginecologo dell'ospe-

---

[1] Jorge Luis Magnacco è stato finalmente individuato da un'indagine delle Nonne di plaza de Mayo e identificato con certezza grazie alla collaborazione della trasmissione televisiva "Investigación X", che ha introdotto clandestinamente una telecamera nel suo studio di ginecologo nella clinica privata "Sanatorio Mitre" di Buenos Aires. Alcuni sopravvissuti del campo di concentramento clandestino della ESMA l'hanno riconosciuto e accusato di aver seguito il parto di almeno ventotto prigioniere, successivamente eliminate. L'ex ufficiale della marina Adolfo Scilingo lo ha indicato come uno dei medici che partecipavano alle sessioni di tortura per definire il "limite di resistenza" dei sequestrati. Dopo una lunga serie di manifestazioni, la direzione della clinica ha deciso di licenziarlo. Attualmente lavora all'Hospital Naval della marina militare. Intervistato dalla televisione argentina, l'ex capitano medico ha dichiarato: «Ho fatto solo il mio dovere».

dale navale di Buenos Aires, nonché torturatore e trafficante di bambini. Dopo la nascita di Rodolfo Fernando, Patricia confidò all'infermiera il timore per la propria sorte, in particolare per le torture a cui sarebbe stata sottoposta.

Qualche giorno dopo fu vista uscire dal sotterraneo della base, con il bambino in braccio. Con tutta probabilità venne trasferita a Campo de Mayo, altro centro clandestino, dove venne eliminata.

Il capitano di corvetta Jorge Eduardo Acosta, alias Tigre, chiamò Amalia Larralde e le ordinò di dimenticare di aver visto, conosciuto e assistito Patricia Julia Roisinblit.

«Devo tornare alla riunione» disse nonna Rosa, alzandosi dal divanetto come fanno i vecchi quando sentono tutto il peso degli anni.

«Notizie di suo nipote?».

«Nessuna. Se l'infermiera non fosse sopravvissuta non avrei nemmeno saputo che era nato. Lo cerco da diciotto anni e di lui non so nulla... e tra qualche giorno compirò settantasette anni».

Scesi in strada e respirai a pieni polmoni quel misto di gas di scarico e fumo di carne arrosto che è l'aria di Buenos Aires. Mi infilai in una pizzeria poco distante e ordinai una maxi alle acciughe e una bottiglia da un litro di Quilmes, la birra sponsor del Boca Juniors. Masticavo ripensando al coraggio di quella piccola nonna ebrea: sola contro un mondo di maschi razzisti. Incontrai lo sguardo di un ragazzo sui diciotto anni e gli domandai se si chiamava Rodolfo Fernando.

«Oscar Miguel» ribatté con la bocca piena.

Mi venne voglia di scambiare due chiacchiere con Inocencio, prima di salire sull'autobus di Santiago.

Seduto nel salottino di fronte alla reception, guardando alla televisione un servizio su Maradona che giurava di essersi disintossicato in Svizzera, attesi che registrasse un altro cliente.

«Pare sia amico di Fidel» mi confidò il portiere quando mi avvicinai al banco, puntando lo sguardo verso lo schermo.

«È stato il più grande» dissi con voce sognante, pensando a un Napoli-Juventus di tanti anni prima. «Ho una notizia da darti, Inocencio» aggiunsi subito, cambiando tono.

«La so già, señor. Lei è davvero parente di Estela Barnes de Carlotto» disse con un tono particolarmente serio. «...E di Laura. E di Guido» rimarcò, porgendomi la chiave della stanza.

«Domani conoscerò la storia della mia famiglia argentina» annunciai. «Oggi, invece, non ho fatto altro che incrociare altre storie... Storie grandi, spesse, importanti, assolute» tentai di spiegare afferrandomi ai primi aggettivi che mi venivano in mente. «Storie che non si dimenticano, Inocencio. Ognuna di esse vale un libro o un film. Storie che non si possono non conoscere...».

«Capisco cosa vuole dire, señor. Ogni giorno ne conoscerà di nuove, ma non dimentichi quella del nonno» mi ammonì. «Deve riannodare tutti i fili tra il passato e il presente, altrimenti il dolore di tutte le storie la schiaccerà. A Buenos Aires non è permesso perdersi».

CAPITOLO NONO
Buenos Aires Horror Tour/2

Rimasi sorpreso quando salii sull'autobus di Santiago e vidi altre due persone, un uomo e una donna sulla cinquantina, sedute in prossimità della porta sul retro. Non riuscii a capire se erano una coppia oppure amici o parenti. Avevano lo sguardo un po' assente; ci scambiammo solo un lievissimo cenno del capo.

Il conducente ingranò la marcia e partimmo. Giù per Corrientes, e poi a destra per Callao per infilare avenida Belgrano. Mi stancai presto della realtà: non feci più attenzione alle strade e trasformai nuovamente Buenos Aires in una pellicola che scorreva velocemente nella mia mente. Giocavo con la città perché mi lasciasse il tempo di riflettere. "I conti non tornano" pensai subito. "Qui non c'è stata la solita mattanza da repubblica delle banane... I parenti delle vittime si comportano come gli ebrei dopo la fine dell'Olocausto. Girano mostrando fotografie e cercando bambini che oggi hanno diciotto-vent'anni nel tentativo disperato di ricostruire famiglie disperse. Questo Paese puzza di sterminio. Che cazzo è successo?" mi domandai con una punta d'angoscia.

Il colectivo si infilò in una calle particolarmente stretta e faticò a passare tra le due file di macchine parcheggiate ai lati. Era un quartiere povero, con case piccole dalla facciata scrostata. Ci fermammo davanti alla saracinesca arrugginita di un'officina Fiat. Santiago si alzò e attraversò il corridoio per avvicinarsi agli altri passeggeri.

La indicò con un breve cenno della mano. I due guardarono

attraverso il finestrino. Poi decisero di scendere. Si fermarono sul marciapiede a fissare l'insegna e la vecchia serranda di ferro. Ripartimmo, lasciandoli lì, immobili e in silenzio, a incastrare quel tassello mancante in un'altra complicata e terribile storia argentina.

Come la prima volta, ero seduto proprio dietro il conducente. Mi bastò allungare il braccio per toccargli la spalla: «Oggi ho scoperto di essere un lontano parente di Estela, Laura e Guido Carlotto».

«Lo so, me lo ha detto Inocencio» ribatté. «Hai visto com'è la vita, hombre» filosofeggiò. «Uno cerca la storia del nonno, una bella favoletta di fine Ottocento e si ritrova nel più brutto incubo argentino del Novecento».

La seconda tappa del tour fu il numero venti di calle Junín. Al secondo piano vivevano una volta Graciela Clarisa Monari e suo marito Eduardo Guillermo Poyastro. Entrambi nati nel '50. Lei a febbraio. Lui a giugno. Vennero sequestrati il venticinque novembre 1976.

«Di loro non si è saputo più nulla» specificò Santiago. Poi chiuse gli occhi e aggiunse: «Lui portava sempre dei basettoni lunghi e folti e lei aveva un collo sottile e lunghi capelli... castani».

«Erano tuoi amici?» domandai.

«No. Non li ho mai conosciuti».

Civico duemilatrecentoventuno di calle Armenia. Il quattordici novembre del 1977 uomini armati e mascherati sequestrarono l'urbanista ventottenne Horacio Manuel Carrizo. Al piano di sotto se llevaron la moglie ventiduenne di suo fratello Juan Carlos, Haydée Cristina Monier. I figli della coppia, Karina e Andrea, si salvarono solo perché quel giorno non c'erano. Nello stesso momento un'altra patota sequestrava, in un negozio dell'elegante Galéria Central, Juan Carlos e il terzo dei fratelli Carrizo, Alberto Rogelio. Era il maggiore. Aveva trentuno anni. Mai più saputo nulla.

Civico quattromilatrecentoquindici di avenida Cabildo. Il sedici giugno 1976 un gruppo misto di soldati e civili mascherati e armati sfondò la porta dell'appartamento B del sesto piano e sorprese nel sonno Mercedes Leonor Cuadrelli e suo marito Julio César Arín Delacourt. Un vicino li vide portare via, in manette e incappucciati. Fu l'ultima testimonianza della loro esistenza. La donna, nata nel '54, aveva studiato in un noto istituto religioso della capitale e lavorava come impiegata alla Thompson Electrónica. Julio, invece, era del '52, laureato in filosofia, lavorava al Banco Internacional. Né i dirigenti della banca, né quelli della multinazionale si preoccuparono di chiedere notizie alle autorità sulla scomparsa dei loro impiegati.

«Anche lui portava i basettoni» mi informò Santiago, «allora andavano di moda...».

Non gli chiesi se erano amici. Conoscevo già la risposta.

Vélez Sarsfield, numero duemilacento. L'insegna reca la scritta Tornería. Alejo Zurita era un operaio specializzato. Il ventisei maggio del '78 lo incappucciarono mentre era ancora chino sul suo tornio. Era originario di La Plata, aveva ventiquattro anni. Tre mesi prima, a Berisso, era stato sequestrato il fratello maggiore, Sergio. Il minore, Claudio, studente di agronomia dell'università di La Plata, se lo llevaron un anno dopo. Forse il venti luglio. Forse il ventuno.

Avenida J.B. Justo. Al numero cinquemilaottocentotrentatré viveva, con i genitori e i fratelli, Maria Elina Corsi. Era appena tornata dal negozio di articoli per la casa in cui lavorava per pagarsi gli studi alla facoltà di veterinaria. Minacciarono la famiglia con le armi e se la portarono via.

«Era una bella ragazza. Occhi e capelli neri, labbra carnose...».

«Era grassa o magra?» gli domandai a bruciapelo. «Alta o bassa?» lo incalzai quasi gridando.

Scosse la testa e si strinse nelle spalle.

«Santiago» esclamai esterrefatto, «mi stai descrivendo le fototessere di queste persone. Che senso ha?».

«Della maggior parte di loro non è rimasto altro» spiegò tranquillo, segnalando con la freccia l'intenzione di svoltare, «le patotas portavano via tutto quello che potesse provare l'esistenza dei sequestrati. Bruciavano tutto. L'obiettivo non era solo quello di far sparire la gente ma anche di distruggere la loro identità».

L'autobus bianco e arancione filava via veloce nella città sempre più deserta. Il conducente parcheggiò davanti a una villetta monofamiliare. Dalle tendine del primo piano filtrava la luce intermittente di un televisore.

Santiago mi pregò di dimenticare il nome della via e dei protagonisti della vicenda che si accingeva a raccontare.

«Perché vuoi parlarmene, allora?».

«È importante che tu la conosca. Lì» disse indicando la casa, «abitano i genitori di due sorelle vittime della dittatura. La madre è una gran donna, coraggiosa e forte, che ha lottato a lungo con le Nonne. Il marito l'ha costretta ad abbandonare l'attività nell'associazione... per lasciare che fosse il tempo a lenire il loro dolore... Fatalismo sudamericano del cazzo» commentò acido. «Se fosse stato per gli uomini, i desaparecidos sarebbero già stati dimenticati» concluse tagliente.

Tentarono di sequestrare Alicia il dodici marzo del '77. Qualcosa andò storto. Dalla pistola di un poliziotto partì un colpo che ferì gravemente la ragazza. Portata all'ospedale morì quasi subito. Allora se llevaron il cadavere per farlo sparire. Nel frattempo una voce anonima aveva avvertito la madre che si era precipitata al pronto soccorso. Un medico le disse che avevano ricoverato una ragazza di circa vent'anni, alta e bionda, che era deceduta sulla barella, in attesa di essere visitata.

La donna pianse, poi si recò al commissariato della zona. Spiegò al poliziotto di guardia all'entrata che cercava il cadavere della figlia. Il tizio si guardò intorno e poi, sottovoce, pronunciò il nome di un cimitero. Nel registro degli N.N. trovò la descrizione di una ragazza che corrispondeva a quella del medico. Non ebbe dubbi che si trattava di Alicia e decise di riavere a tutti i costi il corpo per seppellirla con il suo vero nome.

Prima si rivolse al commodoro Santuchón, responsabile militare della zona. La terza volta che si presentò al comando, la minacciarono di "occuparsi" anche delle altre due figlie. Infatti, il cinque maggio, se llevaron Liliana, la maggiore, incinta di quattro mesi, e suo marito Héctor.

Messa al sicuro l'ultima figlia che le rimaneva, incominciò a cercare quella rapita, senza mai smettere di chiedere la restituzione del corpo di Alicia. Riuscì a farsi ricevere dal colonnello Minicucci, altro massacratore della zona, e dalla finestra del suo ufficio vide entrare e uscire i furgoncini delle patotas camuffati da mezzi di ditte del settore alimentare. Macellerie in particolare. I golpisti avevano uno spiccato senso dell'umorismo.

Poi, come tutte le donne della zona nella sua situazione, fu costretta a rivolgersi al cappellano militare, monsignor Emilio Teodoro Grasselli, segretario privato di altri due monsignori che servivano Dio nell'esercito argentino benedicendo gli assassini, José Miguel Medina e Adolfo Tortolo. Il prelato trattò lei come tutte le altre: la imbottì di false promesse e menzogne.

Un'altra voce anonima l'avvertì che suo nipote era nato prematuro il diciotto agosto e le sussurrò il nome di un carcere. La direttrice volle sapere da chi aveva avuto la notizia, e di fronte al suo silenzio la fece cacciare dalle guardie che la colpirono duramente con il calcio dei fucili.

Non si arrese. Un'altra voce ancora, anonima e solidale, la indirizzò in una clinica dove era stato ricoverato il neonato subito dopo il parto. Le dissero che si chiamava Héctor Alberto ma che non era sua nipote poiché portava un altro cognome. Lei si convinse del contrario: Héctor era il nome di suo genero e Alberto quello di suo marito. A forza di insistere le fecero vedere il bambino.

Quando le autorità ebbero la certezza che quella donna senza paura li avrebbe perseguitati per tutta la vita, organizzarono una messinscena (una delle tante – specificò Santiago – i torturatori furono anche dei grandi attori) per convincerla che il bambino non era suo nipote.

La chiamarono in carcere, dove incontrò la "vera" madre: una detenuta comune di circa quarant'anni che stava scontando, insieme al marito, una condanna per furto. Lei ebbe subito l'impressione che in realtà si trattasse di una detenuta politica che aveva scelto di collaborare con i golpisti. Fu l'ultima volta che vide il bimbo. Scomparve insieme alla presunta madre.

Nel frattempo non aveva smesso di recarsi ogni giovedì, giorno delle Madri di Plaza de Mayo, a portare un fiore su quella tomba di N.N., dove lei sapeva essere sepolta Alicia. Dopo tre anni e una lunga battaglia giudiziaria, riuscì a ottenere l'autorizzazione alla riesumazione.

Due scavatori le consegnarono un mucchietto di ossa. Lei prese in mano il teschio pieno di terra e cominciò a pulirlo, delicatamente, con un fazzoletto. Alicia aveva un difetto congenito alla dentatura: una prova che avrebbe cancellato ogni dubbio. I due uomini la aiutarono a cercare i denti tra la terra e a ricostruire l'arcata: si trattava proprio di Alicia.

Santiago prese dal cruscotto una rosa. «Ogni volta che passo di qui, gliene lascio una sul bordo della finestra della cucina» confessò timidamente, tirando la leva che manovrava l'apertura della porta.

L'ultima tappa prevista dall'Horror Tour per quella notte era un grande edificio del quartiere di Floresta che occupava un intero isolato all'intersezione tra calle Lacarra e Ramón L. Falcón. Si trattava, spiegò la mia guida, di un commissario di polizia, famoso negli anni Trenta per aver ammazzato un discreto numero di anarchici.

«Non potevano trovare posto migliore per un campo di concentramento clandestino» ironizzò. Poi si fece serio in volto: «Questo è l'Olimpo. L'hanno chiamato così i torturatori. Perché loro erano gli dèi...».

Misi a fuoco una scritta sul piccolo prato verde a fianco del portone. División Automotores de la Policía Federal: al servicio de la comunidad. «È qui che portavano i sequestrati?» chiesi.

«E qui subivano la trasformazione in desaparecidos» aggiunse, prendendo l'occorrente per preparare il mate. «Entravano distesi sul fondo di automobili o furgoni, ammanettati e incappucciati, poi ne uscivano cadaveri o resi irriconoscibili dalle torture».

Era uno dei campi clandestini gestiti dalla polizia federale a Buenos Aires, in stretta collaborazione con l'esercito e la marina. Anche gli altri avevano nomi stravaganti e all'apparenza innocui: Club Atlético, Garaje Azopardo, Automotores Orletti, El Banco...

Alla fine della dittatura in tutto il Paese se ne contarono diverse decine. Organizzati e gestiti secondo un modello prestabilito: una sala per le torture, un'infermeria per rianimare i prigionieri, piccole celle senza luce, uffici, laboratori, refettori, dormitori e lavanderie per le guardie. In questi locali venivano impiegati anche i detenuti che avevano scelto di collaborare.

Gli altri, invece, venivano subito denudati ed erano costretti a rimanere sempre a capo chino, in silenzio, incappucciati e ammanettati. Veniva loro assegnata una sigla formata da una lettera e due cifre. Poi iniziavano gli interrogatori e i tormenti. Ovunque e sempre gli stessi: i torturatori infatti avevano seguito un identico corso di addestramento di lucha antisubversiva nella base americana di Fort Gülick a Panama. E tutto ciò avveniva sempre alla presenza di un medico, il cui compito era di mantenere in vita il più a lungo possibile i prigionieri. La tortura più diffusa era la picana, amorevolmente chiamata dai golpisti "la piccola Lulù": elettrodi applicati su tutto il corpo. A un certo punto i sequestrati da interrogare furono così tanti che si dovette inventare la picana automatica, una rete di metallo dove veniva legato il prigioniero che riceveva una scossa elettrica di tre secondi ogni tre secondi per tre ore. Finte fucilazioni. Finti avvelenamenti. Ossa spezzate. Unghie strappate. Iniezioni di Pentotal. El submarino: la testa infilata in un bidone pieno di urina ed escrementi. Morsi di cani addestrati. El cubo: immersioni alternate in vasche di acqua ghiacciata e bollente. Quasi tutte le donne e buona parte degli uomini subirono sevizie sessuali, i militari argentini reintrodussero l'impalamento che i conquistadores avevano soppresso nel 1558.

Anche all'Olimpo "passarono" prigioniere incinte. Il caso più noto fu quello di Marta Vaccaro. Venne sequestrata nel novembre del '78 con il marito Tito. Avevano entrambi vent'anni e lei era al settimo mese di gravidanza. All'inizio non la torturarono per non rischiare di perdere un buon affare, la vendita del bambino, ma la obbligavano a presenziare alle sessioni di picana del marito. Tito non parlò mai e alla fine decisero di interrogarla. La picchiarono sulle gambe con manganelli e catene fino a spezzare le ossa e alla fine, siccome questa ragazzina di vent'anni non apriva bocca, le applicarono gli elettrodi su tutto il corpo.

I sopravvissuti dissero che nessuno di loro riusciva a spiegarsi come fosse arrivata a portare a termine la gravidanza. I primi giorni di gennaio del '79 nacque un maschietto. Scomparve insieme alla madre poche ore dopo.

Pensai a nonna de Roisinblit e a quanto mi aveva detto. «Cosa hanno fatto agli ebrei?» domandai.

«Era molto pericoloso essere judíos nella cattolicissima dittatura argentina» rispose. «Talvolta solo il fatto di esserlo bastava per sparire e nei campi, per loro, il trattamento era sempre "speciale"» sottolineò Santiago. «I sopravvissuti hanno testimoniato di aver visto la croce uncinata appuntata sulla divisa di moltissimi soldati e poliziotti. *Milicia, Odal, Cabildo* erano le riviste che pubblicamente sostenevano l'estrema destra nazista delle forze armate».

A El Banco, gli ebrei venivano immersi nell'acqua bollente finché la pelle non si staccava, poi le piaghe venivano spalmate di escrementi perché si infettassero.

In un altro campo, un torturatore esperto in arti marziali, soprannominato Kung Fu, se ne faceva portare ogni mattina tre o quattro, li appendeva al soffitto e si "allenava" su di loro.

Altri finirono nei campi solo perché erano ricchi. Miriam Lewin, un'ex prigioniera della ESMA, la scuola di meccanica della marina, testimoniò di essere stata costretta a tradurre dall'yiddish allo spagnolo registrazioni di telefonate tra industriali e commercianti di origine ebrea. Ufficiali dell'intelligence della marina si occupavano esclusivamente della loro schedatura e della conoscenza delle strutture della comunità.

«Informazioni che tornarono utili per la strage di due anni fa all'AMIA, il centro di cultura ebraico. Ottantasei morti firmati Policía Federal. Un lavoretto su commissione pagato due milioni e mezzo di dollari... Un tizio ben informato mi ha confidato che tra un po' ingabbieranno una dozzina di sbirri» ghignò l'argentino. «Tornando ai campi, ogni mercoledì si faceva pulizia. Hacer boleto, era il termine gergale usato dai militari. Quelli che dovevano morire, venivano scelti, incatenati in fila, caricati sui camion, pronti per desaparecer».

«Come nei campi di sterminio nazisti, in scala minore» commentai.

«Esattamente» confermò. «E, come i nazisti, avevano il problema di eliminare i cadaveri. Dato che i campi erano clandestini, non poterono allestire forni e camini e dovettero arrangiarsi in vari modi: gettando i prigionieri vivi dagli aerei nell'oceano, legandoli a gruppi di trenta e facendoli saltare in aria con la dinamite, dandoli in pasto ai maiali, bruciandoli in fosse profonde, oppure seppellendoli in fosse comuni nei cimiteri come N.N...».

Uno sterminio organizzato... e redditizio, continuò a spiegare Santiago. Le massime autorità militari ordinarono lo smantellamento dell'Olimpo a causa del clima di tensione che si era creato tra esercito, polizia e marina per problemi di divisione del bottino. L'undici ottobre del 1978, nel bel mezzo di un sequestro, ebbe luogo un breve ma rabbioso conflitto a fuoco tra gli stessi militari. Ebbero la peggio un ufficiale e un paio di sottoposti, sospettati di aver intascato più di centomila dollari senza aver voluto dividerli con gli altri camerati.

Il saccheggio era una consuetudine. Dopo che le patotas avevano effettuato un sequestro, arrivavano altri militari che provvedevano a svuotare scientificamente le case dei sovversivi. Avevano creato addirittura una rete di negozi che vendevano mobili e altri oggetti provenienti dalle razzie, in alcuni campi vennero allestite officine, dove detenuti collaboranti erano impegnati ad aggiustare elettrodomestici, radio e televisioni che avevano subito danni durante le irruzioni.

Anche i mezzi usati per i sequestri erano rubati o rapinati e, dopo essere stati impiegati, venivano riciclati tra i militari.

Se la vittima era ricca e proprietaria di immobili, prima di venire eliminata era costretta a nominare qualche ufficiale come proprio "erede".

In più occasioni i grandi gruppi finanziari che appoggiavano la dittatura utilizzarono le patotas e i campi clandestini per "battere" la concorrenza. Clamoroso fu il caso di trenta dirigenti del Banco de Hurlingam e delle Industrias Grassi sequestrati per costringerli a vendere la Banca. A basso prezzo, ovviamente. Per quattro mesi vennero torturati al Campo de Mayo, mentre un "gruppo fantasma" si appropriava dell'Istituto. E non si trattava certo di manager democratici dato che il giorno del golpe erano stati visti brindare all'ordine!

Santiago si riempì un'altra tazza di mate e prese a succhiare pensoso la cannuccia argentata. Ne approfittai per guardarmi attorno. Mi colpì il fatto che le case dall'altra parte della strada distavano appena una ventina di metri dal muro di cinta della caserma. «Qualcosa avranno pur visto o sentito» dissi, indicando le abitazioni.

«Hanno visto e sentito» confermò la mia guida, «ma i "vicini" negano ancora. Paura, vergogna, vigliaccheria... D'altronde la democrazia ha perdonato gli assassini che portano ancora la divisa e continuano a usare i metodi di una volta. Proprio ieri, grazie alla confessione di un poliziotto, sono stati ritrovati i resti di Miguel Bru» aggiunse, mettendo in moto l'autobus per riportarmi all'hotel, «uno studente della scuola di giornalismo di La Plata. L'hanno sequestrato, torturato, ucciso e buttato in un canale con un bel paio di scarpette di cemento per aver denunciato episodi di brutalità e corruzione maturati nell'ambiente dei federales. Aveva ventitré anni e se lo llevaron il diciassette agosto del 1993... Undici anni dopo la fine della dittatura» Mise in folle e si girò per potermi guardare dritto negli occhi: «Cominci a farti un'idea dell'Argentina, hombre?».

L'alba si impadronì della città. Chiusi gli occhi deciso a non riaprirli. Non avevo nessuna voglia di guardarla.

«Passerai anche domani?» chiesi, mentre scendevo.

«Certo» rispose prontamente. «Se interrompi il tour questa città ti fotte, ti ruba la memoria...».

Dormii un paio d'ore, poi saltai su un taxi per farmi portare a Boca, il quartiere genovese di Buenos Aires, l'unico luogo dove ero certo fosse passato il nonno. Un tempo, le navi degli italiani si infilavano nella stretta foce del Riachuelo e sbarcavano emigranti e fuggiaschi, magri e stremati. Ad accoglierli c'erano un caffè, un barbiere, un quartiere di case di lamiera dipinte di rosso, di verde, di giallo e un'umanità rassegnata, consapevole che mai nessuna milonga sarebbe stata abbastanza triste per raccontare la loro vita.

Nella speranza che il luogo mi rivelasse qualcosa, iniziai a passeggiare lungo vie e piazze dove artisti improbabili stavano

appendendo i loro acquerelli alle pareti di lamiera di miseri ate-
lier e dove gli ultimi hippy argentini si apprestavano a vendere
piccoli oggetti in cuoio e in argento. Comprai un paio d'orecchini da una friulana scoppiata, persa da così tanto tempo in
Sudamerica da confondere ormai paesi e ricordi; evitai una zin-
gara che minacciava di leggermi la mano e scambiai quattro
parole con un ragazzotto di nome Jim, intento a scrivere su un
muro con la sua bomboletta spray parole d'amore e di rimpianto per una certa Dolores.

Accadde camminando lungo la vecchia banchina. A un
tratto le mie gambe e i miei piedi andarono per conto loro:
avanzarono di tre passi, incrociandosi e descrivendo un semi-
cerchio perfetto. Sorpreso, mi guardai attorno. Seduti a un
tavolino del caffè italiano La Barbería, una coppia di anziani mi
osservava sorridendo.

«Cosa mi è successo?» domandai, allargando le braccia.

«Hai ballato un po' di tango» rispose lei, serafica.

«Il passo della media luna» aggiunse lui.

"Nonno Guglielmo" pensai, e corsi in cerca di un taxi.

Inocencio mi ascoltò attento e si sporse dal bancone per
osservare il passo che, goffamente, tentavo di ripetere.

Alla fine annuì gravemente. «Allora vi incontrerete presto»
annunciò enigmatico, liquidando la faccenda con un gesto della
mano. «Adesso vada... È quasi mezzogiorno, Estela sta per arrivare».

«Inocencio!» sbottai scocciato, pensando che il vecchio si
fosse rincoglionito. «Mio nonno è morto nel '49...».

Il portiere sospirò «Me lo ha già detto, señor. Ma ora il
nonno ha preso in prestito le sue gambe per ballare; lasci fare a
lui...».

CAPITOLO DECIMO
Il racconto di Estela

A me piaceva ballare. Quel bell'italiano di Guido, invece, come tutti i Carlotto era un patadura, un ballerino un po' goffo, e allora passeggiavamo lungo le strade di La Plata, parlando per ore e ore di come sarebbe stata la nostra vita dopo sposati. Sognavamo molto. L'Argentina di quei tempi lo permetteva e la nostra generazione era molto influenzata dai film di Hollywood. Fu appunto guardando un film con Gene Tierney che decidemmo di chiamare Laura la nostra prima figlia. Nacque il ventuno febbraio 1955, l'anno del colpo di stato che rovesciò Perón e lo costrinse all'esilio. Allora, io e mio marito non eravamo politicizzati, votavamo quando ce lo permettevano, ma eravamo abbastanza indifferenti quando la dittatura di turno ce lo impediva. Pensavamo al lavoro e alla famiglia. Io ero maestra, Guido chimico: aveva aperto una fabbrica e un negozio di vernici. Dopo Laura, vennero altri tre figli: Claudia Susana, Guido Miguel e Remo.

La politica entrò nella nostra casa quando Laura, frequentando le superiori, aderì alla Union Estudiantes Secundaria, di ispirazione peronista. Poco dopo anche Claudia, di due anni e mezzo più giovane, la seguì nell'organizzazione. Io e mio marito non eravamo d'accordo e spesso, a tavola, si discuteva sull'opportunità di quella scelta in un Paese che non dava alcun segno di stabilità.

Dopo il diploma, Laura si iscrisse all'università e iniziò a impegnarsi nella Gioventù Universitaria Peronista. Il golpe era già nell'aria e non c'era giorno che a La Plata non venisse trovato il cadavere di qualche giovane, assassinato dagli squadroni della morte. Noi genitori eravamo molto preoccupati perché avevamo notato che l'attività politica di Laura e Claudia assumeva sempre più un carattere di resistenza clandestina. Quando il ventiquattro marzo del '76 i militari presero il potere, le nostre figlie entrarono nel gruppo guerrigliero dei Montoneros per combattere la dittatura. Laura aveva ventuno anni – Claudia diciotto – era appena sposata e in attesa del primo figlio.

«Scappa. Vai all'estero» dicevo sempre a Laura. «Ti conoscono. Se rimani ti ammazzeranno».

Lei sorrideva, alzando le spalle: «Non me ne vado, mamma» ribatteva decisa. Ogni giorno pregavo Dio che la proteggesse perché sapevo che la sua cellula era già stata individuata e, quando ne arrestavano uno, cadevano in venti.

Il sedici settembre desapareció la sorella di mio genero, María Claudia Falcone, in quella che più tardi venne chiamata la notte delle matite spezzate, dal film che Olivera girò nel 1988. Un gruppo di ragazzi dai quattordici ai diciotto anni venne sequestrato per avere chiesto che per gli studenti venisse ripristinato lo sconto sui biglietti dell'autobus. Solo uno ritornò a casa.

Claudia e Jorge Falcone, suo marito, dovettero abbandonare La Plata e rifugiarsi a Buenos Aires. Fecero appena in tempo. La loro casa venne assalita e saccheggiata.

La nostra vita non fu più la stessa: eravamo controllati. A ogni angolo incontravamo uomini che ci fissavano in silenzio.

Il primo agosto del 1977 sequestrarono mio marito. Laura si nascondeva a La Plata, nella casa di una coppia che aveva due bambini piccoli. Quel giorno, sospettando di essere stata individuata, aveva chiesto in prestito al padre il furgoncino del negozio per trasferirsi in un luogo più sicuro, e aveva promesso di restituirlo entro le diciotto.

Alle diciannove Guido mi telefonò, pregandomi di andare alla fabbrica. «Non è ancora arrivata... È successo qualcosa, lo sento» mi disse. «Vado a vedere».

A mezzanotte non era ancora tornato e io credetti di impazzire. Chiamai mio fratello e mi feci accompagnare all'indirizzo degli amici di Laura. La casa era tutta illuminata e piena di poliziotti che portavano via mobili e suppellettili.

Il giorno dopo i vicini mi raccontarono che nel primo pomeriggio una ragazza aveva fatto un piccolo trasloco. Poi, verso le cinque del pomeriggio erano arrivati i militari, avevano fatto irruzione nella casa, ucciso un giovane e sequestrato una coppia. Verso le venti e trenta era arrivato un signore, era entrato nell'abitazione e quando qualche minuto dopo ne era uscito, si era ritrovato circondato da un gruppo di uomini mascherati che lo avevano caricato a forza su una Ford Falcon, la macchina preferita dalle patotas.

Tornai a casa disperata; pensavo solo a come salvare Guido. Non si era mai occupato di politica e la sua unica colpa era quella di aver prestato un furgoncino alla figlia. Laura telefonò qualche ora dopo per avvertire che stava bene. Non sapeva nulla del sequestro del padre e quando glielo dissi, rimase a lungo in silenzio, incapace di reagire. Ormai lei rischiava la vita, la convinsi a lasciare La Plata.

Decisi che avrei riportato a casa mio marito a tutti i costi e smossi mari e monti per riuscire a trovare un intermediario che mi mettesse in contatto con i sequestratori. Mi chiesero quaranta milioni di pesos da consegnare entro settantadue ore dal rapimento. Guido era stato rapito lunedì e poiché ogni mercoledì "facevano pulizia" nei campi clandestini (nel gergo dei torturatori si diceva proprio "entregar limpia la guardia"), il messaggio era chiaro: Guido aveva ancora poche ore di vita.

Non potevo perdere tempo; con la forza della disperazione riuscii a raccogliere il denaro. L'intermediario lo consegnò a un sinistro personaggio di nome Patricio Errecalde Pueyrredón, un fascista legato ai gruppi paramilitari di La Plata.

Ma Guido non tornò a casa. La persona che teneva i contatti mi assicurò che il denaro era arrivato ai sequestratori e mi consigliò di consegnargli i farmaci che mio marito usava per curare il diabete.

Attesi ancora qualche giorno e poi, tramite la sorella, mia collega di scuola, chiesi e ottenni un appuntamento col tenente generale Reynaldo Benito Bignone, uno dei peggiori criminali della dittatura. Mi ricevette con gentilezza e mi offrì da bere. Mi rimproverò di aver pagato il riscatto perché nella zona si aggiravano bande di cani sciolti, incontrollabili. Promise comunque di occuparsi del caso. Così un paio di giorni dopo ricevetti la visita del colonnello Rospide, dirigente dei servizi segreti della provincia. Entrò solo, ma la casa era completamente circondata dai suoi uomini. Tirò fuori da una tasca un piccolo notes nero e cominciò a interrogarmi. Mi rivolse domande che avevano ben poco a che fare con il sequestro di mio marito; mi insospettii al punto che la notte iniziai a dormire fuori casa.

Andai anche alla cattedrale e parlai con monsignor Montes; era lui che periodicamente presentava alle autorità una lista di desaparecidos per averne notizie: vi inserì il nome di Guido.

Trascorsero così venticinque lunghissimi giorni. Laura era braccata ma ogni tanto si faceva viva per chiedere del padre. Di Claudia non avevo notizie, sapevo solo che era nascosta da qualche parte a Buenos Aires in attesa del momento giusto per scappare all'estero.

Guido riapparve nella notte del venticinque agosto. Sembrava uno spettro. Come uno che fosse morto e non si fosse ancora reso conto di essere resuscitato. Era finito sotto le grinfie di Lagarto e Garrote, due sadici torturatori del campo clandestino Brigada de La Plata, ed era stato interrogato più volte dal generale Camps in persona. L'ufficiale, pur sapendo che lui non si era mai occupato di politica, sperava potesse essere a conoscenza del luogo dove si nascondevano le sue figlie. Guido casualmente era riuscito a parlare con la coppia che aveva ospitato Laura ed era venuto a sapere il nome del ragazzo assassinato durante l'irruzione. Era Daniel Mariani, il miglior amico di nostra figlia. Lo ricordo bene, veniva spesso a casa nostra. Anche a lui dicevo: «Scappa figlio, vi ammazzeranno tutti» e lui rideva per tranquillizzarmi. «Ma no, signora» diceva, «noi vogliamo vivere, desideriamo solo che tutti vivano bene in Argentina». Si era nascosto in quella casa dopo che una patota, in novembre, gli aveva ammazzato la moglie e rapito Clara Anahí, la figlia di due mesi e mezzo. Un vicino aveva visto un sottufficiale avvicinarsi al generale Camps e chiedere che cosa doveva fare della bambina. L'alto ufficiale aveva indicato il sedile posteriore di una macchina. «Mettila lì» aveva detto.

Sua nonna, María Isabel, la cerca ancora. Il ventiquattro novembre di ogni anno, *Pagina 12* pubblica una sua lettera indirizzata alla nipotina. La chiama Clarita, Topetina, Anahí mía, Carpinchito... ma questa è un'altra storia di figli ammazzati e nipoti rapiti.

La Plata diventò una città di morti. Le strade erano sempre più deserte; durante il coprifuoco si udivano grida di terrore, spari e poi silenzi che non ti facevano dormire. Andando a scuola mi capitava di vedere macchie di sangue sui muri là dove i sovversivi erano stati fucilati.

A scuola le altre maestre sembravano malate: ogni giorno raccontavano terrorizzate storie di assassinii e sequestri.

Claudia partorì Letizia, la nostra prima nipotina e riuscì finalmente a rifugiarsi in Paraguay con Jorge. Laura, tra mille difficoltà, mi dava sue notizie. L'ultima lettera arrivò il sedici novembre del 1977. Poi più nulla. Dopo qualche tempo venimmo a sapere che in una pasticceria di Buenos Aires era stata sequestrata una ragazza, le cui caratteristiche fisiche corrispondevano a quelle di nostra figlia. Quando era entrata la patota, lei stava bevendo un caffè in compagnia di un giovane. Lui tentò la fuga, gettandosi contro la vetrata del locale ma si ferì e lo catturarono. Si chiamava Chiquito. Così almeno lo chiamava Laura. Noi non abbiamo mai saputo il suo nome e neppure lo abbiamo mai visto. Sappiamo solo che si amavano, e che quando li sequestrarono,

Laurita era incinta di due mesi. Finirono nello stesso campo clandestino di La Cacha, ma noi questo lo scoprimmo anni dopo. Fucilarono Chiquito dopo tre mesi di torture. Tennero Laura in vita solo perché era incinta, per rubarle e vendere il suo bambino. Era una ragazza bellissima, dai grandi occhi e dai capelli neri lunghissimi. «Tagliali» le dicevo, «ti riconosceranno». Ma lei ci teneva, era muy coqueta, civettuola. Prima di diventare una militante si vestiva con gusto, poi cominciò a portare sempre la stessa roba. Quando le regalavo dei vestiti, li dava subito ai poveri.

Una voce anonima ci informò che Laurita stava in uno dei campi clandestini nei dintorni di La Plata. Ricontattai l'intermediario che si era occupato del riscatto di Guido. Ci chiese centocinquanta milioni di pesos. Una cifra pazzesca. E non certo per rilasciarla ma "solo" per metterla a disposizione della repressione legale.

In una ventina di giorni riuscimmo a racimolare il denaro. E iniziò l'attesa. Mio marito soffriva molto. Era stato in un campo clandestino, aveva visto e sentito cosa succedeva ai sequestrati... e poi Laura era sempre stata la sua preferita. Tra loro c'era un rapporto particolarmente intenso.

Io non riuscivo a stare ferma. Bussavo a ogni porta. Tornai dal generale Bignone che, nel frattempo, era diventato segretario della giunta militare. Mi fece sottoporre a umilianti controlli di sicurezza e mi ricevette con una pistola in bella mostra sulla scrivania. Gli chiesi di intercedere per Laura e lui mi rispose in modo tale che credetti fosse già stata assassinata.

«Se l'hanno già uccisa» gli dissi, «voglio che mi sia restituito il cadavere perché voglio seppellire mia figlia cristianamente. Non voglio impazzire cercando la sua tomba tra gli N.N. nei cimiteri come fanno le madri dei desaparecidos».

«Voglio, voglio...» mi schernì. «Piuttosto mi dica qual è il nome di battaglia di sua figlia. Sa, proprio la settimana scorsa è venuto qui un padre a chiedere la restituzione del cadavere del figlio e ho potuto trovarlo grazie al nome da clandestino».

Uscii dal colloquio distrutta e con la morte nel cuore. Ma davanti a Bignone non piansi e non lo scongiurai. Mi comportai con dignità: per mia figlia e per la mia famiglia.

Non sapevo bene che cosa fare, dovevo anche pensare a proteggere Guido Miguel e Remo che rischiavano la vita per il solo fatto di essere fratelli di due Montoneros.

In aprile una signora visibilmente terrorizzata avvicinò mio marito. «Ho un messaggio di sua figlia» sussurrò.

Raccontò di essere stata sequestrata per venti giorni e poi liberata. La patota cercava un suo nipote e tanto per non tornare a mani vuote l'avevano legata e incappucciata. Al campo (che non era riuscita a localizzare) aveva conosciuto Laura. Era viva e al sesto mese di gravidanza. Le avevano dato un materasso e le passavano un po' più di cibo. Ci mandava a dire di non preoccuparci, che il bambino sarebbe nato a luglio e che, se fosse stato un maschietto, l'avrebbe chiamato Guido.

Ritornammo a sperare. Cominciai a preparare il corredino. La notte cucivo vestitini e scarpine e li riponevo in un baule. Decisi anche di andare in pensione per potermi dedicare al bambino; avevamo pagato il riscatto, quindi ci aspettavamo che Laurita venisse consegnata alla repressione legale e che il nostro nipotino ci fosse affidato in breve tempo. Pensavamo anche che dopo sei, sette anni di carcere Laura sarebbe stata liberata e avrebbe trovato suo figlio ad aspettarla. In fondo lei non aveva mai preso in mano un'arma, nei Montoneros si occupava della propaganda.

Ogni giorno leggevo sul giornale la lista delle persone arrestate ufficialmente, ma il suo nome non c'era mai. Presentai istanza di habeas corpus in tribunale al giudice Russo che mi raccontò, senza vergogna, un mare di menzogne.

Mio marito riuscì a entrare in contatto con un personaggio che aveva assicurato di poter fare molto per nostra figlia. Si incontrarono nella sacrestia del collegio San José di La Plata. All'incontro era presente un'altra persona che si esprimeva con una terminologia esageratamente peronista. Alla fine disse a Guido che occorreva altro denaro. «Muchissimo dinero» specificò. Questa persona era monsignor Plaza. Ma noi di soldi non ne avevamo più, e quel contatto si interruppe immediatamente.

Riuscimmo a parlare con l'intermediario al quale avevamo consegnato i centocinquanta milioni di pesos, ma quando ci rendemmo conto che non sapeva nemmeno che Laurita era incinta, capimmo che il denaro era finito nelle mani sbagliate. I milioni che servivano per salvare nostra figlia non erano stati presi dalla patota responsabile del sequestro. Eravamo stati truffati.

Il pomeriggio del venticinque agosto aprii la porta di casa a un poliziotto che ci notificò un ordine di comparizione immediato al commissariato di San Isidro Casanova per "ricevere importanti comunicazioni".

Chiamai mio marito e mio fratello. Arrivammo alla stazione di polizia verso le otto e mezza di sera. Era ancora inverno ma non sentii più il freddo quando incontrai gli occhi della guardia al cancello. Avevo capito. Lungo il tragitto le ipotesi si erano accavallate nella mia mente: ci avevano chiamati per informarci del trasferimento di Laurita all'autorità legale o per affidarci il bambino... o per dirci che l'avevano ammazzata.

Il commissario ci ricevette freddamente, ci mostrò la carta d'identità di Laura e ci domandò se si trattava di nostra figlia.

«Siamo i genitori» rispose Guido.

«Alle una e quaranta di questa mattina» ci informò in tono piatto, «sua figlia è rimasta uccisa nel corso di un conflitto a fuoco con le forze di sicurezza sulla strada nazionale numero tre. Insieme a un altro sovversivo ha tentato di sfondare un posto di blocco a bordo di un'automobile rubata...».

«L'avete ammazzata, canaglie, assassini, criminali» urlai interrompendolo, «era sequestrata da nove mesi. Come faceva ad andarsene in giro in automobile?». Poi, pensai al piccolo Guido: «E il bambino, dov'è?» domandai disperata.

«Quale bambino?» mi sfotté il poliziotto, alzandosi. «Seguitemi» ordinò, «dovete riconoscere il corpo».

Laurita era buttata sul cassone di un furgoncino, seminuda, accanto al cadavere del giovane assassinato insieme a lei. Mio marito e mio fratello si avvicinarono per primi... Poi si voltarono e mi sbarrarono il passo.

«Non la devi vedere» disse Guido, «ricordala com'era da viva. Se la vedi adesso, te vas a volver loca, diventi pazza».

Seppi poi che a Laurita mancava metà della faccia, spazzata via da un colpo di fucile a pallettoni. Un'altra scarica le aveva devastato il ventre, certo per nascondere le tracce della recente maternità.

Travolti dall'orrore, dal pianto e dalla disperazione, rimanemmo a lungo accanto al furgone. Più tardi ci affiancò un ometto di mezza età: «Mi chiamo D'Ercole» si presentò, «e sono il titolare dell'impresa funebre Abbruzzese. Se volete la metto in una cassa e ve la porto fino a La Plata».

Seguimmo il furgone con i due corpi fino alla sede della ditta.

«Se non vi foste presentati entro la mezzanotte, avevo l'ordine di seppellire la ragazza come N.N. Per caso non è che volete prendere anche il corpo del ragazzo?» ammiccò. «Altrimenti mi tocca farlo sparire».

Lo guardammo come se fosse uscito di senno. Ma capimmo subito che diceva sul serio.

«Se mi dice il nome, ci occuperemo di restituirlo alla famiglia» dissi con un filo di voce.

«Non lo conosco» ribatté. «A me consegnano solo cadaveri con l'ordine di seppellirli e io non sono come i miei colleghi» volle specificare ostentando un certo orgoglio, «che buttano i cadaveri nei sacchi. Io li metto in vere casse di legno... di legno povero, s'intende, perché l'esercito non mi paga abbastanza... ma comunque sempre casse sono... Certo che voi siete stati fortunati» commentò guardandoci stupito, «è la prima volta che viene restituito un corpo. Proprio l'altro giorno ho assistito alla scena di una madre che era venuta a chiedere notizie di suo figlio, il cui cadavere era proprio dietro a una porta che dava sull'ufficio. I militari dissero che nemmeno lo conoscevano. Un paio di mesi fa, poi, ho seppellito una mia vicina di casa e mi hanno ordinato di non dire nulla alla famiglia... qui le cose vanno così...».

Arrivammo a La Plata qualche ora dopo. Io volevo che la bara rimanesse aperta fino al funerale perché la gente vedesse che cosa avevano fatto a Laura, ma dovetti arrendermi all'idea che il suo viso non era davvero presentabile. Tentai di trovare un medico che effettuasse l'autopsia perché venisse certificata la maternità; ma nessuno ebbe il coraggio di accettare. Rifiutarono tutti con vergogna.

Io volevo vederla, toccarla, la mia Laurita, ma Guido si opponeva; alla fine gli chiesi di tirare fuori dalla cassa almeno una mano, per poterla accarezzare un momento. Anche se le dita erano sporche di inchiostro per le impronte digitali... riconobbi quella manina solo toccandola.

Sono riuscita a trovare un po' di pace solo molti anni dopo, quando vidi le sue ossa dopo la riesumazione effettuata per raccogliere prove contro i crimini della dittatura. Fino ad allora era stato un dolore presente ogni minuto del giorno... Soprattutto mi tormentavo pensando agli ultimi minuti della sua vita, e mi chiedevo se si era resa conto che stavano per ammazzarla, o se avevano avuto un po' di pietà e l'avevano prima stordita con un'iniezione. In caso contrario ero sicura che, siccome era una Carlotto y no tenias pelos en la lengua, avesse lottato e avesse insultato fino all'ultimo i suoi assassini.

Gli antropologi forensi confermarono poi questa mia ipotesi: Laurita aveva un braccio spezzato, e il colpo sparato a bruciapelo sulla nuca rivelava che prima era stata gettata a terra.

Nel 1980 mi recai in Brasile con una delegazione di Nonne per tentare, inutilmente, di far conoscere al Papa la nostra tragedia. A San Paolo incontrammo un gruppo di esiliati; tra loro c'erano alcuni sopravvissuti dei campi clandestini. Come sempre domandammo notizie dei nostri figli e nipoti.

«Nel campo di La Cacha c'era una ragazza incinta il cui nome di battaglia era Rita» ci informò una ragazza. «Era di La Plata e il padre era proprietario di una fabbrica di vernici. Venne trasferita all'Hospital militar per partorire. Guido, il bambino, nacque, mi sembra, il ventisei giugno e lei venne liberata la notte del ventiquattro agosto...».

Diventai un pezzo di ghiaccio. Rita era il nome montonero di mia figlia. Con le mani tremanti tirai fuori dalla borsa una sua foto e la mostrai alla testimone.

«È proprio lei» la riconobbe sorridendo.

Le raccontai che era stata assassinata e lei scosse la testa, incredula.

«Speravo l'avessero risparmiata. Ricordo che quella sera le permisero di lavarsi, le fecero indossare un completo jeans della Lee comprato apposta per lei; addirittura le permisero di truccarsi. La portarono a fare un giro, cercando di convincerla a señalar. Quando la riportarono al campo mi disse: "Sono proprio tarati. Mi chiedono di indicare le case dei compagni e ancora non hanno capito che non lo farò mai... Anche perché" aggiunse tristemente, "ormai non ce ne sono più".

«Verso mezzanotte tornarono a riprenderla. Le dissero che, insieme a un altro prigioniero, la trasferivano alla ESMA, la scuola di meccanica della marina, per un ultimo interrogatorio e che poi l'avrebbero liberata. Lei guardò negli occhi il ragazzo: "Nos van hacer boleta, Carlitos" che nel gergo dei campi significava "Stanno per ammazzarci".

«Rita era una delle prigioniere più anziane... e una delle più odiate perché non si era mai piegata. Protestava continuamente per la mancanza di assistenza medica ai torturati e per le condizioni di vita nel campo. I militari si vendicavano dicendole che sua madre aveva rifiutato l'affidamento del bambino.

«"Mia mamma non vi perdonerà mai" ribatteva indignata, "vi perseguirà fino alla morte"».

Sono stata più fortunata di tanti altri genitori a trovare una testimone della prigionia di mia figlia. Posso almeno vivere senza torturarmi, nel tentativo di immaginare le sue sofferenze. E sono stata ancora più fortunata a riavere il suo corpo: certamente un "regalo" del generale Bignone, in nome della mia vecchia amicizia con sua sorella.

Il ventisette agosto la seppellimmo. Il giorno seguente un messo portò la risposta del giudice Leopoldo Russo alla mia istanza di habeas corpus: "Laura Carlotto non risulta essere detenuta... si ignora la residenza". Per molti anni comunque rimase registrata ufficialmente come N.N. perché era talmente insolita la restituzione di cadaveri che l'amministrazione del cimitero e l'anagrafe del comune ignorarono volutamente la pratica, temendo in qualche modo di mettersi nei guai.

Nel frattempo Claudia Susana dal Paraguay era riuscita a raggiungere la Svezia e poi la Spagna. Guido Miguel aveva deciso invece di autoesiliarsi in Brasile. Ma i militari ci chiesero altri soldi per "dimenticare" il nome del luogo dove si nascondeva e così fu costretto a raggiungere la sorella in Europa. Con me e mio marito rimase Remo, il più piccolo, sicuramente quello che soffrì più di tutti la dittatura. Prima il sequestro del padre, poi la morte della sorella e infine l'esilio degli altri fratelli. Non aveva ancora l'età per scegliere il proprio destino, magari per seguire Claudia e Guido. A scuola per il fatto di chiamarsi Carlotto venne isolato da tutti gli altri e lui, che era un ragazzo estroverso e molto sportivo, fu costretto a una dura solitudine. Spesso, la mattina, quando si recava a scuola, veniva affiancato da una delle solite Ford Falcon; dal finestrino qualcuno lo minacciava. Sapevano bene che Remo era troppo giovane e non si era mai occupato di politica, ma anche quello era un modo di perseguitare la nostra famiglia.

Una mattina l'esercito se lo prese. I militari gli dissero che era arrivato il momento di servire la patria e lo caricarono su un Hercules (gli aerei che erano usati per i voli della morte) diretto in Patagonia.

Per una settimana non ricevemmo sue notizie; io e suo padre eravamo ormai disperati: pensavamo l'avessero sequestrato. Quando infine scoprii dove si trovava, telefonai al generale, comandante della base. Me lo passarono perché ero già molto conosciuta in Argentina come Abuela de Plaza de Mayo. «Mi avete sequestrato e ammazzato una figlia» andai dritta al punto, «altri due si trovano in esilio, adesso me ne avete sequestrato un altro? Volete assassinare anche lui?».

«Ma no, signora» rispose l'ufficiale, «stia tranquilla, non gli succederà nulla. Potete venire a trovarlo quando volete».

E io, Estela Barnes de Carlotto, maestrina di provincia ebbi il coraggio di dirgli: «State molto attenti a come lo trattate, perché io sono una che non perdona».

Gli riservarono un trattamento di favore. Per liberarsi della sua presenza gli consigliarono di sposarsi per ottenere il congedo immediato. Così Remo si sposò a vent'anni e tornò finalmente a casa.

Guido Miguel, in Spagna, aderì al movimento Montonero, poi si stabilì in Nicaragua per seguire un progetto di collaborazione con i Sandinisti.

Claudia, invece, alla fine del '79 era tornata clandestinamente in Argentina con il marito e la figlia per continuare la resistenza contro la dittatura. Io e mio marito lo ignorammo per quasi tre anni e fummo sempre convinti di ricevere sue notizie dall'Europa. Le lettere che spedivamo venivano rispedite in Argentina dall'organizzazione e le risposte seguivano il percorso opposto. Meglio così! Non avremmo certo retto alla tensione di saperli qui in Argentina, in pericolo ogni momento della giornata.

Alla fine del 1982 mia figlia e Jorge ci contattarono, dandoci appuntamento in un ristorante di Buenos Aires. Io e Guido partimmo presto da La Plata, passammo a prendere la signora Falcone e ci avvicinammo alla capitale con mille precauzioni. Come i nostri figli, anche noi, nonni, eravamo stati costretti a imparare le tecniche per non essere pedinati.

Fu una grande emozione rivederli dopo tanti anni, conoscere Letizia e scoprire che nel frattempo era nata un'altra nipotina, Laura. Questi nostri figli erano davvero incredibili! Lottavano contro una feroce dittatura in un Paese che era diventato un enorme cimitero, ma non smettevano di credere nel futuro, di avere progetti di vita e di mettere al mondo altri figli nella più assoluta e pericolosa clandestinità.

A un certo punto Jorge attirò cautamente la nostra attenzione: «Siamo circondati» ci sussurrò, «a quel tavolo alla nostra sinistra e a quell'altro alla nostra destra sono seduti gli uomini di una patota».

Rimanemmo impietriti. Nonostante tutte le nostre precauzioni avevamo condotto i golpisti a individuare Claudia e la sua famiglia. Mi voltai a guardarli. Per la prima volta guardavo in faccia gli uomini di una patota. Erano lì come bestie feroci in attesa che noi ci allontanassimo per sequestrare i nostri cari. Per torturarli. Per ucciderli. Per seppellire i loro cadaveri in tombe anonime. E per vendere o regalare le nostre nipotine.

Decisi che tutto questo non sarebbe accaduto. Vidi un telefono pubblico. Chiamai Alfredo Galetti, uno dei pochissimi avvocati che rischiavano la vita per difendere i diritti umani in Argentina.

«In questo momento» dissi a voce molto alta, udibile in tutto il locale, «io, mio marito, mia figlia, suo marito, sua madre e le nostre due nipotine ci troviamo circondati da agenti della repressione illegale. Vogliono sequestrare Claudia, Jorge e le due bambine. Ora noi usciamo dal locale tutti insieme e andiamo a casa nostra a La Plata. Se tra un'ora e mezza non ricevi un'altra mia telefonata, ti prego di presentare immediatamente istanza di habeas corpus al tribunale».

Nel ristorante era calato un silenzio irreale. Gli sguardi della gente erano fissi su di noi, molti erano rimasti con le posate a mezz'aria, la bocca aperta. Uscimmo in gruppo tenendoci per mano, le bambine al centro per proteggerle se ci avessero sparato. L'automobile era parcheggiata a tre isolati di distanza; camminammo seguiti dalla patota che, nel frattempo si era ingrossata, dato che si erano uniti anche gli uomini che all'esterno circondavano il locale. Il capo aveva occhietti da serpente e parlava concitatamente alla radio. Salimmo tutti e sette nella nostra piccola automobile. Fu il viaggio più lungo della nostra vita. Le Ford Falcon dei militari ci precedevano e ci seguivano, in attesa di ordini. Da un momento all'altro temevamo di essere bloccati, ma c'erano troppi testimoni e la mia mossa di chiamare l'avvocato li aveva spiazzati. Arrivammo a casa e come d'incanto gli assassini scomparvero. Era arrivato il tempo in cui non potevano più agire troppo scopertamente, anzi avevano già un bel daffare a tentare di cancellare le tracce dei loro crimini. L'indomani Claudia e Jorge "legalizzarono" la loro posizione.

Caduta la giunta militare, ritornò a casa anche Guido Miguel con la moglie nicaraguense, e finalmente la famiglia fu riunita. Fu molto difficile ricominciare una nuova vita. La dittatura aveva arricchito tanti mascalzoni ma, economicamente, aveva messo in ginocchio l'Argentina. Nonostante i due riscatti che eravamo stati costretti a pagare, ci erano rimasti la fabbrica e il negozio. Ma ancora oggi riusciamo solo a sopravvivere. Non abbiamo più la nostra grande casa di un tempo. I miei figli non si occupano più attivamente di politica, anche perché nella storia dei Montoneros vi furono episodi poco chiari che lasciarono l'amaro in bocca a chi aveva rischiato la vita per quell'idea peronista. Claudia e Remo lavorano in una struttura governativa che si occupa di diritti umani.

Della loro giovinezza hanno conservato un'inquietudine che li porta a cambiare spesso. Anche moglie o marito. Adesso ho nove nipoti. Da diciotto anni sto cercando il decimo, Guido, rapito neonato e venduto al miglior offerente. Come tutti i parenti delle vittime, anch'io pensavo che la democrazia ci rendesse giustizia, ci restituisse almeno i bambini rapiti. Invece, il prossimo anno celebreremo il ventennale della nascita della nostra associazione e siamo ancora in piena attività.

Entrai in contatto con il movimento delle Nonne subito dopo la morte di Laura. Incontrare altre donne nella mia stessa situazione fu un sollievo: mi sentii meno sola. Capii che insieme potevamo ottenere qualcosa anche se la dittatura ci perseguitava ed eravamo costrette ad agire in clandestinità. Anche se eravamo nonne, quasi tutte casalinghe e alcune, non poche, piuttosto avanti con gli anni. Nessuna di noi aveva mai lontanamente immaginato che le scelte dei nostri figli potessero trasformare così profondamente la nostra vita.

Ricordo che le altre furono contente quando aderii al movimento: ero una maestra e potevo essere utile per scrivere appelli o compilare ricorsi. Per incontrarci eravamo costrette a mille sotterfugi: festeggiavamo falsi compleanni alla pasticceria Las Violetas o al caffè Tortoni. Se la riunione si teneva in un'abitazione privata entravamo e uscivamo una alla volta, parlavamo a bassa voce e non fumavamo perché l'odore di molte sigarette poteva insospettire i vicini. Ci convocavamo per lettera o per telefono e usavamo un nostro codice: noi Nonne eravamo le "vecchie zie", le "ragazze" erano le Madri di Plaza de Mayo, i "fiori" i bambini desaparecidos...

In poco tempo diventammo abili. Le donne spaurite e piangenti che avevano vagato da un commissariato a una caserma, da un carcere a un ospedale, da una sacrestia a un cimitero, erano diventate capaci di organizzare efficacemente la ricerca di bambini scomparsi. Spesso i nostri incontri iniziavano consolando una nuova arrivata che ci raccontava disperata la sua esperienza. Noi potevamo capirla e aiutarla a controllare il suo infinito dolore per rimanere lucida ed essere così in grado di aiutare se stessa e i suoi cari desaparecidos. Ci trovavamo di fronte donne che la disperazione e l'impotenza avevano trasformato in relitti umani, che vivevano parlando in silenzio, piangendo in silenzio, cercando bambini senza nome, senza conoscerne il sesso. Spesso senza la sicurezza che fossero nati o che fossero ancora vivi, se al momento del sequestro avevano più di dieci anni. Infatti le patotas li consideravano già sovversivi e li torturavano di fronte ai genitori per indurre questi ultimi a collaborare.

I militari e i loro complici ci disprezzavano, ci chiamavano pazze e ci bastonavano appena possibile. La società argentina fingeva di non accorgersi di noi perché non ci comportavamo come tutte le altre donne. Eravamo considerate, come dire, irregolari, perché avevamo deciso di non accettare la morte dei figli e il rapimento dei nipotini. Molti arrivarono alla crudeltà di tentare di convincerci che non era giusto "traumatizzare" i bambini restituendo loro la vera identità al costo di scoprire che i loro genitori naturali erano stati barbaramente assassinati.

"In fondo" come ci disse un giorno monsignor Celli, segretario particolare del nunzio apostolico Pio Laghi, "coloro che attualmente crescono i bambini hanno in genere pagato forti cifre per averli, il che significa che sono in grado di mantenerli. Quantomeno i bambini non soffriranno le privazioni imposte dalla povertà...".

Noi siamo sempre andate diritte per la nostra strada. Non abbiamo voluto che i nostri nipoti crescessero nella menzogna. Era giusto che sapessero chi erano e che si riunissero alle loro famiglie. E l'esperienza dei ritrovamenti ci ha sempre dato ragione.

Così facendo abbiamo voluto difendere la memoria e la dignità dei nostri figli. Di tutti i trentamila. Non erano né terroristi, né sovversivi. Erano giovani che amavano la vita, la libertà e la giustizia.

La nostra attività iniziò con i giovedì in Plaza de Mayo, con gli appelli alle autorità e a chi aveva adottato bambini, illegalmente o con la benedizione di giudici compiacenti. Poi costituimmo una struttura investigativa: quando ricevevamo una segnalazione, quasi sempre anonima, di un possibile figlio di desaparecidos, organizzavamo una stretta sorveglianza della casa, della scuola o dell'asilo. Fotografavamo il bambino per effettuare i riconoscimenti. Ci travestivamo con parrucche e occhiali finti... E ci infiltravamo. Più di una nonna è andata a lavorare come cameriera presso famiglie sospette per poter stare vicino al bambino e raccogliere prove.

Ma l'individuazione era solo il primo passo. Poi bisognava ricorrere in tribunale e spesso i giudici ci erano ostili e non sempre abbiamo vinto. E se vincevamo non era sempre facile riavvicinare i piccoli alla loro famiglia. Col tempo arrivammo a strutturare l'associazione in cinque settori: investigativo, informatico, genetico, legale e psicologico.

Oggi l'associazione è in continuo sviluppo, si occupa dell'infanzia in generale e non più solo dei nipoti rapiti. Ma il diritto all'identità continua a essere il tema centrale del nostro lavoro... anche perché le nonne stanno morendo e un conto era cercare bambini, altro è cercare adolescenti.

Io spero ancora di trovare Guido e riportarlo a casa. Abbiamo un testimone, un soldato di leva, di guardia alla stanza dell'ospedale militare dove Laura partorì. Mi ha contattata già da diverso tempo. Gli rimorde la coscienza di essere stato complice, suo malgrado, dei golpisti, ma non ha abbastanza coraggio per testimoniare in tribunale. Ha visto in faccia e riconosciuto il civile che portò via il bambino...

Ero una maestrina dell'infinita provincia argentina. Oggi sono la presidente delle Abuelas de Plaza de Mayo, ho girato il mondo denunciando i crimini della dittatura e tengo conferenze alla facoltà di pediatria. Laurita aveva ragione quando disse ai suoi sequestratori che non li avrei mai perdonati, che li avrei perseguiti fino alla morte... Evidentemente mi conosceva più di quanto io conoscessi me stessa.

CAPITOLO UNDICESIMO
Buenos Aires Horror Tour/3

Santiago succhiava il mate, scrutandomi ancora una volta con espressione pensosa. Aveva interrotto il tour dopo la prima "fermata" al numero millenovecento di avenida Santa Fé. Lì, il ventotto febbraio del 1977, una patota aveva sequestrato il ventiduenne studente in medicina di origine italiana Juan Carlos Marsano. Era stato visto la notte stessa in una caserma dell'esercito e poi di lui non si era saputo più nulla.

«La tua mente è altrove» commentò, spazzando l'aria sopra la testa con un gesto della mano che voleva indicare pianeti lontani.

«Domenica, forse, conoscerò il resto della mia famiglia argentina. E so già che avvertirò con dolore l'assenza di Laurita e di Guido... Non so se capisci quello che intendo dire».

«Penso di sì».

«Mi sento già parte della storia dei Carlotto d'Argentina» iniziai a spiegare con foga. «E non solo per le enormità delle ingiustizie che hanno subito o per i lontani legami di sangue, ma perché è una storia della mia generazione... di figli ribelli e sognatori e di genitori disposti a condividerne il destino fino in fondo. È un passato che già mi appartiene... Una storia che i Carlotto d'Italia hanno vissuto negli stessi anni... Anzi a partire dallo stesso anno, il '76...».

L'argentino annuì serio e rimise in moto l'autobus. Una ventina di minuti dopo accostava il grosso mezzo all'insegna di una pasticceria.

«È quella» disse.

Guardai le vetrine. Era la classica confitería sudamericana dai dolci troppo pannosi e i caffè troppo lunghi, meta soprattutto di signore in vena di chiacchiere.

«Li stavano aspettando» iniziò a raccontare Santiago. «Lui era già seduto al tavolo, lei arrivò qualche minuto dopo. Lasciarono loro solo il tempo di salutarsi e poi gli si avventarono contro. Laura, già a terra, gridò al suo uomo; "Scappa, salvati". Chiquito si divincolò e corse verso l'uscita ma, quando si accorse che gli uomini della patota gli sbarravano la strada, deviò la sua corsa disperata verso la vetrina di sinistra e riparandosi il volto con le braccia la sfondò con il corpo. Ci fu un'esplosione di vetri e lui cadde ferito sul marciapiedi. Lo presero a calci e poi lo caricarono sulla solita Ford Falcon. Portarono fuori Laura un attimo dopo incappucciata e ammanettata».

Non dissi nulla, troppo occupato a ingoiare lacrime che mi sembravano fuori luogo, dopo vent'anni, e in quella città dove ogni strada era stata teatro di tragedie assolutamente uguali. Vagando con lo sguardo mi accorsi che sul muro a fianco una mano giovane, armata di bomboletta spray, aveva scritto una frase in memoria della mia parente e l'aveva salutata con un «Hasta siempre Rita».

«Qualcuno dunque ricorda» sospirai.

«Anche noi ricordiamo i nostri partigiani» sottolineò l'argentino.

Lo guardai scuotendo la testa: «Non hai nemmeno idea, Santiago, su quante tombe di compagni, dall'Europa al Centroamerica, ho pianto e giurato di non dimenticare. Oggi, ricordo appena volti e nomi. L'enormità della sconfitta della nostra generazione si misura proprio sul numero di promesse fatte e mai mantenute».

Le mie parole lo ferirono. «E lei» sibilò incattivito, «anche di lei ti dimenticherai?» quasi urlò, indicando con il braccio teso il luogo dove avevano sequestrato Laura.

«No» risposi senza esitazione, fissando la scritta sul muro.

«Né "Rita", né Guido, né tutti i Carlotto d'Argentina... Quando ho attraversato avenida Corrientes intuii che il corso della mia vita sarebbe cambiato un'altra volta, anche se non riuscivo a immaginare che cosa mi avrebbe riservato il destino. Ora lo so. Anch'io, come Estela, non avrò pace finché Guido non ritornerà a casa e non avrò preso a calci in culo gli assassini di Laura». Mi interruppi per sollevare lo sguardo e piantarlo in quello dell'autista. «Solo che non so come fare, Santiago. Vivo dall'altra parte del mondo... Anch'io dovrò trovare una specie di autobus come il tuo da portare in giro» conclusi in tono ammiccante.

Guidò piano e in silenzio fino a una strada secondaria del quartiere Palermo. «Nel '78 ero un giovane impiegato di banca, con un futuro da funzionario» mi confidò, «l'istituto si occupava anche di assicurazioni ed era fortemente sindacalizzato. Le mie mani» aggiunse osservandole, «avevano sempre battuto tamburi peronisti, ma quando arrivò la dittatura scelsi di non unirmi ai Montoneros. Preferii rimanere e tentare di portare avanti quel poco di lavoro sindacale possibile in quel clima di terrore. Un giorno, un compagno che lavorava nel mio stesso ufficio mi chiese di nasconderlo. Disse che se li sentiva addosso. Gli risposi di no. Non potevo proprio: era appena nato il mio primo figlio e avevo paura di mettere in pericolo la mia famiglia. Non sapendo a chi rivolgersi, il compagno, accampando scuse di lavori in casa, chiese ospitalità a un collega. Un tipo un po' stravagante che non si era mai occupato di politica e, per sua stessa ammissione, aveva solo due grandi interessi: la fica e il calcio. Viveva con la moglie, in un grande appartamento, al secondo piano di quella palazzina grigia all'angolo» continuò indicandomela, «e accolse il mio amico senza problemi. Dopo qualche settimana il sindacalista venne sequestrato per strada a un paio di isolati da qui. Un vicino di casa, testimone del fatto, si affrettò ad avvertire il nostro collega che il suo ospite era stato caricato a forza su una macchina. Sconvolto, lui corse con la moglie al commissariato di quartiere. Di loro si sa che varcarono il portone intorno alle sette della sera. Poi più nulla».

Rimanemmo a lungo in silenzio. Anche Santiago ricacciò qualche lacrima inopportuna e per distrarsi si dedicò con maggiore cura al rito del mate.

«Cosa ti rimproveri?» domandai a un tratto.

«A casa mia non sono mai venuti... E io sapevo bene cosa stava succedendo nel Paese. Il nostro collega no! Sotto tortura avrà confessato la mitica formazione del '66 del River Plate e di quanto bello era scopare con la moglie... Dell'Argentina non sapeva altro».

«Meglio» sbottai cinico. «Se invece fossi stato al posto suo magari avresti fatto dei nomi e altri sarebbero finiti nei campi... La verità è che il mestiere di sopravvissuto è pesante. È dura per chi ce l'ha fatta per un pelo e ha troppi amici da piangere mentre gli assassini organizzano cene per ricordare i bei tempi, quando si "faceva pulizia" ogni santo mercoledì».

L'argentino non reagì, apparentemente intento a guardarsi le punte delle scarpe mentre succhiava rumorosamente l'infuso di erbe.

«Non troverai mai pace continuando a percorrere il Buenos Aires Horror Tour» aggiunsi dopo un po'.

«Lo so» ribatté calmo. «Ma l'unico modo per fare uscire i desaparecidos dall'anonimità degli elenchi e restituire loro un minimo di fisicità è mostrare dove vivevano e raccontare chi erano, che cosa facevano... soprattutto i loro ultimi istanti di libertà... Quando erano ancora degli individui, prima che l'oliata macchina della desaparición li rendesse tutti uguali... Torturati, uccisi, occultati».

Aveva ragione. Un nome, una data, una fotografia sbiadita si dimenticano presto. Le storie, invece, anche solo per un particolare, si ricordano più facilmente.

«Dove va il tour stanotte?» domandai.

«Questa è la notte degli italiani, ma prima dobbiamo andare a unire il presente con il passato... Inocencio mi ha detto che il nonno ha ballato con le tue gambe stamattina...».

Parcheggiammo l'autobus nei pressi di Plaza de Mayo e proseguimmo a piedi fino al Café Tortoni. Prima che Inocencio gettasse la mia guida turistica in un cestino avevo fatto in tempo a leggere che si trattava di uno dei locali più noti della capitale, che era uno dei luoghi sacri del tango ed era stato, da sempre, uno dei punti di incontro degli intellettuali e degli artisti. In una delle sue sale si erano stretti la mano Pirandello e Gardel. Noi non entrammo dalla grande porta girevole, bensì bussammo furtivamente a una porta scrostata sul retro. Ci aprì un vecchio cameriere che sorrise a Santiago e ci fece strada fino alle quinte di un teatrino. Dallo spiraglio di un fondale di tessuto nero, l'argentino mi mostrò le spalle del grande Walter Hidalgo che stringeva tra le mani un bandoneon e cantava un vecchio tango di Homero Manzi, accompagnato alla chitarra da Juan del Grosso.

Di fronte al minuscolo palco, in uno spazietto ricavato tra i tavolini, danzavano divinamente due giovani. Lui era un morocho con gli occhi a mandorla, lei era esile, con i capelli raccolti in uno chignon perfetto a eccezione di un lungo ricciolo lucido di gelatina che le accarezzava una guancia. Lui portava un doppiopetto anni Trenta, lei un vestito con le frange, lunghe collane, calze con la riga e scarpe fatte a mano.

«Ti piace?» domandò l'argentino.

«Molto» risposi. «Ma non capisco perché non ce ne stiamo seduti tranquillamente tra il pubblico...Se è un problema di soldi, io ne ho abbastanza per tutti e due».

«L'unico modo per capire Buenos Aires è spiare dal buco della serratura» ribatté lapidario. «La facciata è giusto una truffa per i turisti di passaggio».

Rinunciai a investigare sul senso della frase, temendo di avventurarmi in un discorso troppo sudamericano per la mia pazienza e decisi di godermi lo spettacolo. Purtroppo terminò quasi subito e io e Santiago ci ritrovammo a cincischiare nei pressi dell'uscita posteriore, un luogo deserto e freddo. «Perché non ce ne andiamo?» chiesi, stanco di aspettare inutilmente.

In quel momento si aprì la porta del caffè e uscirono i due ballerini. Camminavano mano nella mano, veloci e leggeri come se non avessero ancora smesso di ballare. Mi passarono di fianco. Lui mi sorrise. Lei mi guardò negli occhi, si fermò e, lasciata la mano di lui, fece un passo nella mia direzione. «Vos...» sussurrò sorpresa.

Ebbi appena il tempo di pensare che doveva avermi scambiato per qualcun altro, che lei si avvinghiò a me e mi prese le mani. Sentii il tango impadronirsi all'improvviso del mio corpo e la mia mente svuotarsi. Chiusi gli occhi.

Il nonno cammina sul molo del porto di Genova.
Iniziammo a muoverci con il passo della salida.
Vele bianche, cabine di terza classe e volti d'altri tempi, segnati dalla fame e dalla paura della vastità del mare.
Poi incrociando i piedi lei disegnò un otto sul selciato.
Gli emigranti a Buenos Aires. Buenos Aires e i suoi quartieri. Boca e i suoi vicoli. Il nonno corre incontro alla vita e non si ferma mai.
Per non perderlo di vista mi lanciai nella corsa precipitata del passo della corrida.
Una moltitudine di cravattini neri diretti al porto per accogliere Errico Malatesta. La fatica di un lavoro duro che salva appena dalla fame. La difficile vita nel quartiere; bisogna essere svelti di testa e di mano. Il nonno nella Pampa e in Patagonia, di nuovo a Boca, deluso.
Una media luna e un lento boleo.
Un giorno lo coglie la consapevolezza della lontananza. E poi la nostalgia che rode e consuma, giorno dopo giorno, per quattordici anni e gli fa perdere il senso del tempo. Comincia a mettere

via il denaro per il biglietto di ritorno nel timore di ritrovarsi vecchio, senza forze. Troppo stanco per tornare.

Poi quel ricco mercante e il suo portafoglio gonfio di banconote... la ricompensa.

Un paso atrás e un gancho.

Il silenzio sulla vita vissuta in Sudamerica perché nessun figlio ripeta il suo gesto. Fino al giorno in cui convince suo cugino, Guido dei Carlotto d'Arzignano, a emigrare in America per sfuggire alle persecuzioni dei fascisti...

A un tratto tutto si confuse. Mi bloccai nel passo della sentada: l'Argentina era troppo grande e le emozioni troppo forti.

«Nonno» chiamai.

Ma lui se ne va camminando a passo svelto.

«Adios» sussurrò allora la ragazza, svanendo silenziosamente nella notte con il suo compagno.

Vidi agitarsi davanti al mio naso, lucido di sudore, imperioso l'indice di Santiago «Non dovrai mai più ballare il tango. Ricordalo!» mi ammonì. «Altrimenti ti si annoderanno le gambe, cadrai e si spezzerà il filo con il passato».

«D'accordo» acconsentii remissivo. Avevo vissuto abbastanza a lungo in Centroamerica per sapere che di fronte a certi eventi era meglio non tentare di approfondire... Ero felice di essere entrato nel mistero sudamericano del nonno e pensai che se tutto era frutto della mia fantasia perché ero più ciucco del solito, allora era stata sicuramente la più bella sbronza della mia vita. Anche se ero abbastanza sicuro di non aver bevuto un goccio da qualche ora.

L'argentino mi prese sotto braccio. «Andiamo patadura d'un italiano» scherzò affettuosamente e poi aggiunse subito: «Solo un Carlotto balla il tango e lo balla davvero bene. È Remo, il figlio più giovane di Estela. Guardalo una volta, vedrai tutta la tristezza della tua famiglia...».

La notte degli italiani iniziò al civico numero quattromila-
cinquecentoquindici di Vallejos. Benedicto Victor Maisano,
studente di diciotto anni fu sequestrato il cinque agosto del
1976 all'una e trenta del mattino. Cercavano anche la sorella,
Dominga, ma lei si era rifugiata in provincia. Scoprirono il suo
nascondiglio il ventuno dicembre dello stesso anno a Loma
Hermosa. Aveva ventuno anni e studiava psicologia. I Maisano
erano imparentati con i Rago, i Morello e i Pallotta.

Calle Ecuador. Al numero seicentocinquantatré viveva Julio
César Abbruzzese di anni trentaquattro con la moglie e le
quattro figlie. Una patota sfondò la porta l'undici marzo del '79
per portarselo via.

María Teresa Manzo de Winkelmann venne sequestrata per
strada il trenta novembre del '78, non si sa nemmeno dove.
Aveva ventotto anni, una figlia e un marito, Oscar Winkelmann,
anche lui prelevato per strada l'agosto dell'anno prima. I Manzo
erano imparentati con i Baudino, i Bellone e gli Arosio.

Anche Mariana Carlota Belli venne sequestrata per strada il
ventisei maggio del '78. Aveva ventuno anni e lavorava come
operaia all'impresa metallurgica Italavia.

Il ventitreenne Daniel Aldo Manzotti viveva in calle Ca-
rasco al numero ottocentoquarantacinque. Arrivarono la notte
del ventiquattro agosto del '77 e di lui non si è più saputo
nulla. Poco tempo dopo scomparve anche la sua ragazza,
María del Carmen Percivati. I Manzotti, da sempre, trascorre-
vano le feste comandate con le famiglie Fanti, Cipollina e Arri-
gone.

«Domani, in Plaza de Mayo, incontrerai Elsa, la madre» mi
informò l'argentino. «È una delle più combattive, ti piacerà».

La delegata sindacale del Banco de Galicia y Buenos Aires
Irene Inés Bellocchio e suo marito Rolando Victor Pisoni vennero sequestrati la notte del cinque agosto del '77 nella loro casa
di calle Mármol quattrocentottantatré. Il figlio, Carlos Enrique,
non ha mai smesso di cercarli. «È un bravo ragazzo» commentò

l'autista. «Conoscerai anche lui domani. Lavora con l'associazione dei figli dei desaparecidos».

Incrocio tra Sarmiento e Talcahuano. L'insegna della farmacia Lancestremere illuminava un breve tratto di strada. La diciannovenne commessa di origine sarda Hebe Mascia nel pomeriggio del quindici settembre del '76 stava sistemando degli scaffali quando arrivò la patota a prendersela. Sul pavimento della Ford Falcon dove venne buttata a forza incontrò il marito, Daniel Szapiro, sequestrato poco prima nella loro casa di calle Galicia milleduecentotrentuno.

Ogni tappa speravo fosse l'ultima. Dopo la milonga, avrei preferito passeggiare e pensare al nonno. Invece la memoria di Santiago, precisa e implacabile, scovava strade, case e storie. Quella notte la morte divenne insopportabile e sperai di trovare il coraggio di dirglielo.

María Rosario Grillo era imparentata con i Testa, gli Striano e i Russo. Il quattordici settembre del 1976 era andata a trovare i genitori nella loro casa di calle Olazábal al numero cinquemilacinquecentoventicinque. Aveva ventiquattro anni ed era molto preoccupata per la sorte del marito, Venancio Basanta, desaparecido da qualche tempo. I militari sfondarono la porta mentre i Grillo erano a tavola. María si aggrappò alla tovaglia e le lasagne al ragù si sparsero sul pavimento. Di lei non si è più saputo nulla.

Nella stessa via, il ventotto febbraio dell'anno seguente, Rosana Giovannoni, ventitreenne studentessa di medicina, stava mangiando in pizzeria con un'amica. L'agguantarono per le spalle e la trascinarono fuori dal locale. Accadde tutto in pochi attimi. E di lei non si è più saputo nulla.

La psicologa trentenne Margarita Leticia Oliva venne sequestrata il ventisette dicembre del '78 nel suo appartamento di calle Gascón seicentodiciannove. Al marito e alla figlia i militari dissero che si trattava di un semplice controllo. Non la videro mai più.

Carlos Fernando Gregori, studente di diritto di ventitré anni, fu visto per l'ultima volta nel commissariato della polizia federale tra calle Gaona e Boyacá il quattordici settembre 1976.

Osvaldo Cayetano Paludi invece era già avvocato da una decina di anni e lo sequestrarono il tredici marzo del 1976 proprio nel suo studio di calle Montevideo, numero quattrocentonovantasei. Fu visto per l'ultima volta in un commissariato del quartiere Palermo.

Anche Roberto Juan Carmelo Sinigaglia era un legale del foro di Buenos Aires. Aveva quarantadue anni e la patota lo aspettò all'entrata del suo studio in calle Viamonte numero milletrecentocinquantacinque. Erano le dieci e trenta del mattino dell'undici maggio 1976.

La madre di Norma Blanca Tomasella, Elena De Bortoli, non riuscì mai a ricostruire il giorno, l'ora e il luogo del sequestro della figlia. Sapeva che era braccata e che si nascondeva da qualche parte nella capitale. In cuor suo si convinse che se la llevaron tra la fine del '77 e i primi mesi del '78. Aveva trentadue anni.

Jorge Rosario Infantino aveva antenati anche tra i Polimeni e i Luppino. Se lo llevaron il ventidue novembre 1977 dalla sua casa di calle Pilar milletrentatré.

Le due sorelle Beretta lavoravano entrambe all'Instituto Financiero Militar. Il ventotto dicembre 1976 i militari prelevarono dal suo ufficio la maggiore, Graciela Alicia. María Magdalena invece quella mattina non si era presentata; la presero qualche ora dopo a casa di una zia.

Il ventidue ottobre del 1977, una patota sfondò la porta di casa dell'architetto ventottenne María Cristina Da Re in calle Riglos trecentosessantanove. Unica testimone del sequestro fu la nonna, Italia Menegon...

«Riportami all'hotel, Santiago. Non ce la faccio più».

«Tra un po' è l'alba» si rivoltò scandalizzato. «E mancano ancora Schettini, Andreani, Bossi, Soldati, Bartolini, Rigoni, Berardo, Armellin, Privitera, Casaretto, Busetto, D'Amico, Nicolini, Bugatti, Marcon, Bonin, Spinella, Parodi, Angelini, Scala, Mirabelli, Baldassarre...».

«Non riesco più a seguire le storie» lo interruppi, «questa notte la morte mi cola dal naso e dalle orecchie... Continuiamo domani sera, ti prego».

«Non è possibile, lo sai» insistette deluso. «Ogni notte il percorso segue strade diverse...».

«E tu stanotte continuerai da solo?».

«Certamente. Ripartirò proprio da Corrientes. Non lontano dall'hotel, l'undici marzo del '77 sequestrarono Esteban Silvestre Andreani...».

«Quanti sono gli italiani desaparecidos qui a Buenos Aires?» domandai per non entrare nei particolari di un'altra storia.

«Non lo so. Non li ho mai contati... Buenos Aires non finisce mai».

Quando entrai nella hall, Inocencio emerse da sotto il banco con i capelli arruffati e una smorfia assonnata.

«Ha incontrato il nonno, señor?» domandò con un tono complice.

«Sì» risposi soddisfatto, «ma forse ero solo ubriaco».

«Forse, señor».

Il mattino seguente, non appena vidi la prima ombra muoversi dietro le tende nella sede delle Nonne, attraversai avenida Corrientes. Mi ero svegliato come turbato da un vago senso di colpa per essere sceso dall'autobus e avevo voglia di parlare con qualcuno.

La donna che mi aprì aveva i capelli corti, un paio di occhiali dalle lenti leggermente affumicate, un'aria colta da insegnante in pensione. Due medagliette rettangolari al collo attrassero subito la mia attenzione: su ognuna erano cesellati i volti di un uomo e di una donna, così finemente da sembrare piccoli ritratti.

Lei colse il mio sguardo e le sfiorò con la mano, con un gesto consueto e affettuoso. «Sono le mie sorelle e i loro mariti» spiegò. «Tu devi essere il nipote italiano di Estela» aggiunse subito sorridendo.

«Sì. Sono Massimo Carlotto».

«Alba Rosa Lanzillotto» si presentò, «e sono italiana anch'io. O meglio lo sarei se il consolato non facesse tante difficoltà...».

«In che senso?».

«I miei nonni Filippo Lanzillotta e Maria Martini erano di Castellana Grotte in provincia di Bari. Vennero qui in Argentina e, come moltissimi italiani, si stabilirono al nord, nella provincia della Rioja. A quel tempo l'anagrafe argentina non lavorava con grande precisione e quindi vocali e doppie cambiavano o venivano perdute nella trascrizione dei documenti. Così Lanzillotta è diventato Lanzillotto e il consolato non ci riconosce la cittadinanza italiana... Peccato, sarebbe molto importante per il processo».

«Quale processo?».

«Quello che lo Stato italiano dovrebbe celebrare nei confronti dei criminali della dittatura per i desaparecidos italiani» rispose delusa della mia ignoranza. E poi incredula: «Davvero se ne sa così poco in Italia?». Alzai le spalle imbarazzato mentre lei si affrettò ad aggiungere: «Proprio in questi giorni è in atto una mobilitazione internazionale per impedire l'archiviazione dell'inchiesta in Italia... C'è un giudice a Roma che afferma che non ci sono prove sufficienti per istruire un processo, ma noi le abbiamo fornite ampiamente... e per tantissimi casi, anche se la magistratura italiana ha deciso di indagare solo su sette di questi. Quello di Laura, di suo figlio Guido e del papà sono i primi. Non lo sapevi?».

«No. Estela non me ne ha ancora parlato... Ci siamo appena conosciuti...».

«In Francia c'è già stata una condanna. Ci aspettiamo che anche Italia e Spagna celebrino i processi... Vogliamo che l'Argentina diventi un'enorme galera per gli assassini e i torturatori... Che non possano più uscire dal Paese senza la sicurezza di venire arrestati».

Pensai che la speranza di ottenere giustizia in Italia si sarebbe rivelata come l'ennesima, cocente, terribile disillusione per quella povera gente, ma non ebbi il coraggio di dirlo e chiesi una tazza di caffè nel tentativo di cambiare discorso.

Non ci riuscii. Alba Rosa aveva capito perfettamente quello che mi era passato per la mente: «Tu non credi che otterremo giustizia, vero?».

«No» risposi sincero. «Nel mio Paese la verità dei tribunali è troppo spesso ambigua, e scontenta le coscienze. Talvolta le indigna».

La donna si tolse gli occhiali e pulì meticolosamente le lenti con un piccolo fazzoletto ricamato. «Non sono mai stata in

Italia» disse dopo un po'. «Quand'ero in esilio sono sempre rimasta in Spagna, non abbiamo mai avuto i soldi per viaggiare...».

I Lanzillotto erano cinque fratelli. Due maschi morirono di malattia nei primi anni di vita. Rimasero il maggiore e due femmine. Quando la minore compì quindici anni nacquero altre due sorelline. Due gemelle, Ana María e María Cristina, che tutti crebbero come se ne fossero i genitori.

La ricca borghesia riojana non aveva mai visto di buon occhio i fratelli Lanzillotto, dediti da sempre agli studi, all'insegnamento e alla promozione della cultura nella regione. Altro motivo di astio era la loro amicizia e collaborazione con il vescovo dei poveri, Enrique José Angelelli, finito a bastonate il quattro di agosto del 1976, dopo che l'automobile su cui viaggiava era stata fatta uscire di strada dalla solita patota.

Il giorno stesso del golpe, voci autorevoli suggerirono al comandante della guarnigione di correre ad arrestare i facinorosi fondatori del Museo di Belle Arti. Il rumore degli stivali dei soldati fece morire d'infarto la madre mentre portavano via Alba Rosa e il fratello alle quattro del mattino. Lei stette in carcere quindici giorni, lui tre anni e mezzo. All'altra sorella misero una bomba sull'uscio di casa. Le due gemelle erano lontane, vivevano da tempo a Buenos Aires con i mariti. Da qualche tempo militavano nel braccio politico dell'Ejercito Revolucionario del Pueblo, organizzazione guerrigliera che aveva aperto nel '75 un disastroso fronte di guerra nelle campagne di Tucumán. Naturalmente i militari cercavano anche loro.

Alba Rosa tornò poi a insegnare fino al giorno in cui suo cugino aprì all'improvviso la porta della classe: «Scappa» urlò. «Ti vogliono arrestare ancora. Cercano anche tuo marito».

Lei aveva sposato il grande poeta argentino Ariel Ferraro, avevano tre figli, due maschi e una femmina. La notte stessa fuggirono verso il sud e poi si rifugiarono in Uruguay, dove Ferraro iniziò a insegnare in un collegio religioso. Ma la dittatura li stanò anche all'estero e chiese l'estradizione del poeta sovversivo e della sua famiglia. Anche allora furono costretti ad attraversare un confine sul filo dei minuti. Viaggiarono per mezzo mondo; alla fine la Spagna li accolse, concedendo l'asilo politico.

Il diciannove luglio 1976 si diffuse la notizia che Mario Roberto Santucho, il guerrigliero più ricercato d'Argentina, da molti considerato l'erede del Che, era stato abbattuto dall'esercito in un conflitto a fuoco. Alba Rosa sentì una stretta al cuore: sapeva che il marito di Ana María, l'oriundo italiano Domingo Menna, era uno dei più stretti collaboratori di Santucho. Quando lesse la lista degli arrestati, il presentimento divenne realtà: sua sorella e suo cognato erano stati presi. Poco tempo dopo arrivò la notizia che anche María Cristina, l'altra gemella, era stata sequestrata insieme al marito Carlos Benjamin Santillan.

Alba Rosa tornò in Argentina nell'agosto del 1984 con i figli e il marito e iniziò subito a cercare le sorelle. Sopravvissuti la informarono che María Cristina era morta sulla picana. Un'ex prigioniera di Campo de Mayo, Patricia Erb, cittadina yankee salvata dall'ambasciata del suo paese grazie al prezioso passaporto, riferì che Ana María, quando era arrivata al campo, era incinta all'ottavo mese e che, nonostante le torture, aveva partorito un maschietto bello e sano. Poi era scomparsa.

«Ariel morì nell'85» continuò a raccontare la donna dopo aver risposto a una telefonata. «Il suo cuore sensibile non resse allo sforzo di ricominciare a vivere in un paese zuppo di sangue. Io mi trasferii nella capitale per unirmi al movimento delle Nonne e cercare mio nipote. Ho insegnato fino al '94. Adesso sono in pensione e posso dedicarmi a tempo pieno alla causa delle Nonne».

«Notizie di suo nipote?» domandai schiarendomi la voce dopo il lungo silenzio.

«Nessuna. So solo che è nato e che sta da qualche parte là fuori» rispose indicando un punto imprecisato tra i grattacieli di Buenos Aires.

CAPITOLO TREDICESIMO
Plaza de Mayo

Q uel giovedì in Plaza de Mayo c'era un bel sole caldo di fine inverno. La polizia in tenuta antisommossa era attestata discretamente nelle vie circostanti. Le Madri e le Nonne marciavano lentamente intorno al monumento all'indipendenza, tenendo ben stretto il bavero del cappotto. Sentivano ancora il gelo dell'acqua degli idranti che le aveva gettate a terra nella loro piazza, appena una settimana prima.

Nei loro occhi non c'era la minima traccia di paura: quella l'avevano perduta molti anni prima quando un ufficiale aveva creduto di farle scappare a gambe levate ordinando alle sue truppe di prendere la mira e loro, tutte insieme, avevano gridato «Fuoco!», coprendo di ridicolo quell'esercito senza onore. I loro sguardi invece erano pieni di rabbia per la consapevolezza che dopo oltre mille giovedì Plaza de Mayo poteva di nuovo essere violata da quelle stesse forze dell'ordine che avevano assassinato i loro figli e rapito i loro nipoti.

Tamburi e slogan solidali annunciarono l'arrivo dei sindacati e degli studenti. Quando li vidi, pochi e tutti giovani, a parte qualche spruzzo qua e là di capelli bianchi, mi resi conto per la prima volta che era proprio vero che la generazione degli anni Settanta era stata sterminata. I pochi superstiti si tenevano stretti a quelle donne dai fazzoletti bianchi che al collo portavano appese sbiadite fotografie.

Durante la marcia scelsi senza esitare di unirmi a quell'esiguo gruppo della mia generazione. Come mi aveva preannunciato Santiago, incontrai Elsa Manzotti, madre del desaparecido Daniel Aldo, e qualche minuto dopo la madre di Eleonora e Roberto Luis Cristina. Camminava lentamente, a braccetto con un'altra madre, sostenendosi con un bastone.

«Posso stare vicino a voi?» domandai timidamente. Acconsentirono con un sorriso e io iniziai a camminare al loro fianco.

A poco a poco la piazza si animò, arrivò un bel po' di gente che aveva tutta l'aria di essere appena uscita dal lavoro. Tutti noi, in realtà, eravamo presenze di contorno. Erano solo le donne con il capo coperto a dare senso a quella ossessiva marcia circolare intorno a un monumento – che nessuno guardava – calpestando un selciato segnato da grandi disegni di fazzoletti bianchi. In quella piazza l'Argentina aveva festeggiato l'indipendenza, osannato Perón, pianto Evita, inneggiato alla guerra delle Malvine e salutato il ritorno della democrazia ma, ormai da tempo, apparteneva a quelle donne e alla loro ostinata richiesta di verità e giustizia. Loro erano le uniche eredi dei giacobini della rivoluzione di maggio che aveva liberato il Paese nel 1810.

Ben presto mi resi conto che si respirava un'atmosfera particolare, densa, quasi palpabile, struggente, devastante e irreale allo stesso tempo. Poi capii: l'intensità dell'amore con cui le madri pensavano ai loro figli scomparsi li rendeva in qualche modo presenti. Fu un momento di grande emozione.

Due di loro, con movimenti lenti e misurati, montarono un piccolo palco dotato di un potente altoparlante davanti alla Casa Rosada, il palazzo presidenziale, e iniziarono a parlare della loro lotta e a denunciare le malefatte del governo di Menem senza lesinare parole e aggettivi. Per un attimo mi guardai attorno preoccupato, temendo la reazione della polizia ma poi, guardando la signora Cristina e il suo incedere coraggioso, mi vergognai della mia paura.

Poi il microfono passò a una donna peruviana che parlò a lungo delle inumane condizioni di vita nelle carceri del suo paese dove stavano morendo centinaia di oppositori. Venne poi la volta di un prete cattolico che denunciò il governo indonesiano per il genocidio di un popolo che la maggior parte di noi non aveva mai sentito nominare. Spiegò che aveva attraversato il mondo per parlare in Plaza de Mayo: qualcuno gli aveva detto che le madri offrivano un microfono a chiunque si battesse per difendere i diritti umani.

A un tratto una donna con l'immancabile fazzoletto bianco e un fiammante cappotto rosso fendette la folla reggendo tra le mani la bandiera dei contadini brasiliani del movimento dei Sem Terra. Si diresse a passi decisi verso il microfono e iniziò a parlare tra gli applausi di una sola parte della piazza. Il resto, indifferente, continuò a marciare intorno al monumento.

«Chi è?» domandai ad alta voce.

«Hebe de Bonafini» risposero contemporaneamente molte voci. «La presidente delle Madri di Plaza de Mayo».

Nelle sue parole riconobbi subito l'irruenza, il rigore e la dolcezza della rivoluzionaria sudamericana. Era appena tornata dal Brasile; raccontò delle lotte dei campesinos, spiegò la necessità di contrastare in tutto il mondo il progetto neoliberista e, con assoluto disprezzo, chiamò spazzatura il presidente Menem. Ogni tanto mi voltavo a guardare gli altri fazzoletti bianchi che camminavano ignorando il discorso di Hebe. Incrociai lo sguardo di una fotografa. «Fa male vederle divise, vero?» mi chiese, puntando l'obiettivo della sua Leica su uno striscione su cui spiccavano i ritratti di Evita e Che Guevara.

«Non sapevo» risposi, «e sinceramente non lo avrei immaginato» aggiunsi sorpreso, addolorato e un poco deluso, ma lei si era già allontanata alla ricerca di altri soggetti.

Mi spostai verso il monumento e incontrai Augustina e Margarita che mi salutarono con molto affetto e mi presentarono Nora Cortiñas, la presidente delle Madri – Linea Fundadora.

«Siete davvero così divise?» le chiesi indicando con il pollice la figura che parlava al microfono alle mie spalle.

«Abbiamo lottato insieme per molti anni, ma da un po' di tempo le nostre strade si sono separate» rispose mesta.

«E pensare che Jorge, uno dei figli di Hebe, e tua cugina Laura furono imprigionati nel campo di La Cacha nello stesso periodo...» aggiunse un'altra donna allontanandosi.

Continuai a mescolarmi alla gente e ai capannelli ai bordi della manifestazione; una madre mi fermò e mi diede un volantino invitandomi alla commemorazione del ventennale della scomparsa di sua figlia, Teresa Israel. «Era avvocato» spiegò. «È stata vista per l'ultima volta al campo El Atletico».

Subito dopo un'altra mi diede un secondo invito per una commemorazione collettiva di desaparecidos visti da altri sopravvissuti nel campo di El Vesubio lo stesso mese di vent'anni prima.

Un'altra ancora mi porse un volantino intitolato Raza de Viboras. Le vipere erano i preti complici della dittatura. Tra i primi nomi trovai quello di monsignor Plaza, il personaggio che aveva chiesto a Guido Carlotto muchissimo dinero per salvare Laura: "Osservava sorridendo come violentavano, torturavano e assassinavano i nostri figli". Subito dopo spiccava il nome del nunzio apostolico, l'italiano Pio Laghi: "Confortava gli assassini e li incitava a continuare a uccidere". Le accuse erano terribili.

«Possibile?» sbottai.

Si fermarono tre madri a braccetto: «La chiesa argentina è stata l'unica madre a non proteggere i suoi figli» disse una. Un'altra aggiunse: «Dio non li può perdonare perché dicevano di agire in suo nome». La terza ricordò: «In confessione feci il nome di un'infermiera che aveva visto mia figlia partorire in ospedale e che mi dava notizie del nipotino nato prematuro. Dopo tre giorni se la llevaron con il marito. Non sono più tornati. I preti complici della dittatura non rispettavano nemmeno i sacramenti».

Stavo ancora leggendo il volantino quando un quarantenne con la faccia da sopravvissuto mi afferrò il polso: «Domani mattina alle dieci seppelliamo le ossa di un compagno al cimitero di Flores. Verrai?».

Ebbi appena il tempo di rispondere che venni avvicinato da un gruppetto di giovani appartenenti al gruppo extraparlamentare Quebracho, quelli dello striscione con Evita e il Che. Mi consegnarono un appello per la scarcerazione di alcuni loro compagni accusati di essersi scontrati con la polizia.

Poi, mentre l'ennesimo giovedì in Plaza de Mayo volgeva al termine, mi passò accanto un altro gruppo di ragazzi che stava arrotolando uno striscione degli HIJOS, l'associazione dei figli delle vittime della dittatura. Sentendo chiamare "Carlos", mi voltai di scatto: «Sei Carlos Enrique Pisoni?» domandai, ricordando a un tratto le parole di Santiago.

«Sì» rispose sorpreso.

«Un amico mi ha raccontato la storia dei tuoi genitori e mi ha detto che ti avrei incontrato qui» spiegai un po' imbarazzato. Poi sentii il bisogno di specificare che ero il nipote italiano della presidente delle Nonne e lui, nella mia lingua, mi invitò a bere del mate nella loro sede di calle Riobamba.

Ci sarei andato più tardi, risposi, e continuai a gironzolare per la piazza nella speranza di incontrare di nuovo la fotografa. Mi aveva colpito la sua immediatezza e mi sarebbe piaciuto conoscerla. Non vedendola in giro iniziai a battere con metodo i bar della zona. La scovai al Baviera, intenta a sbocconcellare un toast.

«Avevo fame» si giustificò sorridendo.

«Non sono qui per caso» spiegai, mentre mi sedevo al suo tavolo.

«L'avevo capito» ribatté. «Non riesci a spiegarti come mai donne unite da un dolore così grande possano essere divise così profondamente e stai cercando qualcuno che te ne spieghi le ragioni...».

«Proprio così. Mi chiamo Massimo...».

«So chi sei. Qui le notizie volano...» scherzò.

Era una quarantenne dal sorriso caldo. Si presentò: si chiamava María Esther e viveva in una casa piena di gatti e fotografie.

Ordinai un chop, la misura di birra argentina, e dovetti rispondere a molte domande sull'Italia prima di riuscire ad affrontare l'argomento che mi interessava.

«Non sei una sopravvissuta, né hai parenti scomparsi» riflettei a voce alta. In lei infatti traspariva una serenità che fino a quel momento non avevo notato in nessun altro.

«Hai ragione, ma come tutti gli argentini della mia età ho conosciuto anch'io dei desaparecidos» disse, spalmando altra senape sul pane.

«Oggi eri in Plaza de Mayo per lavoro o...».

«No. Giro sempre con la macchina fotografica e il giovedì vado quasi sempre alla marcia. Amo le donne con il fazzoletto bianco perché sono la cosa più bella e più pulita di questo paese». Mi accorsi che usava le stesse parole di Galiñanez, lo psicologo delle Nonne. «E poi hanno bisogno di essere appoggiate, difese. Gli uomini della dittatura e quelli della democrazia le odiano perché non permettono a nessuno di dimenticare. Gli uomini... perché di loro si tratta – la violenza del potere è maschile» sottolineò il concetto con un gesto deciso della mano, «non sopportano di trovarsi di fronte, all'opposizione, delle casalinghe che si sono trasformate in un soggetto politico forte e autonomo, in una forza morale rispettata in tutto il mondo... al contrario del corrotto governo argentino».

«Se fossero unite sarebbero ancora più forti» commentai.

«Lo sono state solo nei primi anni di lotta, adesso un riavvicinamento è impensabile... da un lato ci sono le Madri di Hebe che hanno scelto la linea dell'assoluta intransigenza riassunta nella parola d'ordine: "Aparición con vida", che significa: ci avete sequestrato i figli vivi e vivi dovete restituirceli; se sono morti allora non vogliamo mucchietti di ossa o lapidi ma la lista dei responsabili e la loro punizione. Di fatto, rifiutando la realtà della morte dei desaparecidos, rifiutano il colpo di spugna della amnistia democratica che ha salvato tutti gli assassini».

«È difficile non essere d'accordo con questa posizione» intervenni.

«In realtà la questione è ben più complessa» ribatté l'argentina. «Le altre associazioni, le Nonne di Estela Carlotto, le Madri di Linea Fundadora di Nora Cortiñas, i Familiares e tante altre, pur lottando contro l'amnistia, sono disposte a mediare con il governo in cambio di tutta la verità sulla sorte dei loro cari, della localizzazione delle tombe, della restituzione dei nipoti rapiti e di un risarcimento economico... Molte famiglie vivono nella più assoluta miseria dopo la scomparsa di chi si occupava del loro mantenimento».

«Ho parlato con Estela e ti assicuro che non ha la minima intenzione di rinunciare a far punire gli assassini di Laura».

«Lo so. Sono due modi diversi di affrontare lo stesso problema. La spaccatura, comunque, è politica. L'intransigenza delle Madri di Plaza de Mayo, infatti, non è solo etica: la loro idea di giustizia può realizzarsi solo in una Argentina profondamente trasformata sia politicamente che socialmente. Di fatto hanno raccolto l'eredità politica dei loro figli e sono diventate loro stesse militanti... Se hai ascoltato il discorso di Hebe, ti sarai reso conto che non cercano giustizia solo per i loro morti ma anche per tutti i vivi oppressi e sfruttati... Ogni rivoluzionario è loro figlio: sono le mamme degli zapatisti di Marcos, dei Sem Terra e dei minatori boliviani». Si interruppe per ordinare un caffè. Poi continuò: «È incredibile: quando parli con le madri, senti parlare i loro figli... è il loro modo per tenerne vivo il ricordo».

«Già» concordai. «C'è un legame molto evidente tra i sogni dei loro figli e il loro modo di ottenere giustizia». Pagai il conto e commentai, sospirando: «Sapere tutto questo non mi aiuterà certo a rendermi utile alla causa dei desaparecidos».

«Vengono in tanti qui a Buenos Aires... annusano l'enormità

dell'orrore e per non rimanere coinvolti si nascondono nei labirinti di Borges o...».

«Io no» la interruppi deciso. «Ma sono stanco di accumulare sconfitte, sia personali che generazionali. Ogni tanto mi piacerebbe vincere qualche battaglia o almeno saldare qualche conto...».

«Allora sei venuto nel posto sbagliato: questa è la patria dell'impunità, qui rischi la più grande delle delusioni».

«Lo so» dissi, alzandomi e avviandomi verso l'uscita. «Ma l'orrore qui ha passato ogni limite e io non me la sento di nascondermi dietro a Borges... Forse perché ricordo da che parte stava durante la dittatura, forse perché ho letto Soriano... Sicuramente perché la dittatura ha perseguitato i miei parenti argentini. Noi Carlotto siamo gente che non dimentica. Ma il problema in realtà è un altro: non so cosa fare».

Voleva essere sicura che la sentissi e alzò un poco la voce: «Quando c'era la dittatura, nessuno ci ha aiutato perché i generali facevano comodo a molti, soprattutto in Europa, e adesso tutti allargano desolati le braccia. Non è giusto».

Tornai al tavolo: «Cosa vuoi dire?».

«La comunità internazionale gridò di orrore dopo il golpe in Cile e la morte di Allende, ma con noi fecero finta di non vedere e non sentire perché la dittatura argentina iniziò a fare affari con tutti... Anche con l'Italia... Riuscì perfino a ottenere grossissimi prestiti che finirono nelle tasche di alcuni, in acquisti di armi e nella costruzione di opere faraoniche che dovevano celebrare la nuova, grande Argentina. Ma la mossa più furba della dittatura fu quella di fornire grano e carne all'Unione Sovietica dopo l'embargo americano per l'invasione dell'Afghanistan. I nostri generali di giorno definivano il comunismo cancro dell'umanità e di notte caricavano le navi di cibo per i loro peggiori nemici. In cambio non hanno ricevuto solo oro ma anche e soprattutto copertura politica: l'URSS diventò il principale alleato di questa banda di assassini. I comunisti locali fedeli a Mosca si affrettarono a riconoscere il nuovo governo. Così non finirono nei campi clandestini. I partiti fratelli europei si adeguarono, limitandosi a distribuire affettuose pacche sulle spalle agli esiliati».

Avrei voluto interromperla, ribattere punto per punto, dimostrarle che si sbagliava, ma nel profondo del mio cuore e della mia coscienza sapevo che stava dicendo la verità.

«L'aspetto ridicolo dell'intera faccenda» continuò sarcastica, «è che l'unico a fare qualcosa contro la violazione dei diritti umani in Argentina fu Jimmy Carter, il quale ordinò l'embargo sulle forniture di armi. Si trattò di una operazione di pura propaganda, ovviamente, perché la CIA continuò a inviare armi e istruttori di nascosto, ma almeno una voce autorevole denunciò il fenomeno della desaparición».

Bevve l'ultimo goccio di caffè rimasto nella tazzina e si accese una sigaretta.

«Invece fu veramente mostruoso il cinismo degli stati che per vigliaccheria non boicottarono i mondiali di calcio del '78... Il mondo sapeva cosa succedeva in Argentina, ma pur di tirare quattro calci a un pallone, vennero qui a gridare festosi negli stadi insieme agli assassini, ad applaudirli mentre si pavoneggiavano come puttane nelle loro divise piene di medaglie e salutavano dalle tribune d'onore. E a ogni goal un gruppo di prigionieri spariva in fondo al mare o in fosse comuni».

Colse il mio sguardo stupito e si affrettò a spiegare: «I militari, temendo che qualche commissione di associazioni per la difesa dei diritti umani o della Croce Rossa scoprisse qualche campo clandestino, decisero di fare pulizia in quelli più conosciuti eliminando tutti i prigionieri, e in molti casi distruggendo gli edifici con la dinamite e le ruspe per cancellare ogni prova. Tutti conoscono e ricordano le prodezze dei campioni ma nessuno sa che quello fu il periodo in cui venne eliminato il maggior numero di desaparecidos».

Questa volta fu lei ad alzarsi dal tavolo. «Forse sono stata un po' scortese» si scusò mentre si infilava il cappotto, «ma non sopporto che dopo tutto questo tempo i militari e i loro complici non siano stati ancora puniti dalla comunità internazionale» aggiunse sistemandosi la sciarpa di seta. «Solo la comunità internazionale può intervenire, perché i crimini contro l'umanità non vanno mai in prescrizione e perché l'Argentina, nel suo isolamento, non riuscirà mai a fare i conti con il passato».

Si fermò sulla porta e armeggiò con la Leica, sostituendo l'obiettivo. Poi si girò e mi scattò una fotografia.

«Adios». E si mescolò ai passanti.

CAPITOLO QUATTORDICESIMO
Hijos

Quando arrivai in calle Riobamba, Carlos Pisoni e molti dei ragazzi visti in piazza erano andati via. Ne erano rimasti pochi, seduti intorno a un grande tavolo a chiacchierare senza troppo impegno. Erano perfettamente uguali a tanti giovani che in Italia incontravo nei centri sociali o nelle biblioteche delle università: vent'anni o poco più, maglioni sformati, orecchini, kefia e tanto sano rock nelle vene. Solo che a questi, ancora bambini, avevano ammazzato o portato via i genitori ed erano cresciuti cercando di capire perché era successo proprio a loro.

«Un bel giorno mi ritrovai a vivere con gli zii e i miei cugini» raccontava Mario. «Avevo tre anni e ben presto iniziai a chiamare mamma e papà gli zii. A quattro, la mia confusione era totale tanto che decisero di mandarmi da una psicologa. Mi raccontò che i miei genitori si chiamavano Elena e Mario e che erano stati portati via da gente cattiva. Non le credetti e ribattei che Elena la vedevo sempre. In realtà era mia nonna e aveva novant'anni...». Gli altri ragazzi risero. «Mi dissero allora che avevo quattro genitori: due mi avevano messo al mondo e due mi stavano allevando. Quando lo raccontai a scuola scoppiò un casino e la maestra chiamò la zia per avere spiegazioni» Ci fu un'altra risata e Mario ne approfittò per accendersi una sigaretta. «Qualche anno dopo, mia zia attaccò in camera mia una fotografia della mamma con un bambino in braccio; non ero io ma un suo paziente, perché lei era pediatra. Beh, non riuscivo proprio a guardarla, la nascondevo ovunque. Poi, un giorno, non molto tempo fa, l'ho cercata e l'ho appesa davanti al letto».

Una ragazza con gli occhiali mi offrì uno snack al dulce de leche, una specie di Nutella al latte. «Ti piace Buenos Aires?» mi chiese, cambiando discorso.

«Non la conosco» risposi addentando la merendina con appetito. Mi guardarono con stupore. «Dal punto di vista turistico, intendo. Infatti il giorno in cui sono arrivato, il vecchio portiere tucumano dell'hotel mi ha preso dalle mani la guida turistica e l'ha buttata nel cestino. Aveva capito che il mio destino non era visitare chiese e musei... E aveva ragione: non me ne frega proprio niente».

«Quando siamo tornati dall'esilio, nel '90, io non volevo nemmeno guardarla Buenos Aires» solidarizzò Ximena, una bella ragazza dal sorriso radioso. «"Dove mi avete portato?" chiedevo ai miei genitori. "Qui sono tutti bianchi, questo è un paese di gringos!" dicevo loro arrabbiatissima».

Era nata in esilio, in Perù, dove i genitori, medici, erano riusciti a scappare. Scovati qualche anno dopo dai servizi segreti, avevano dovuto riparare in Ecuador. Dopo nove anni si erano spostati a Panama ma, in seguito all'invasione americana, erano stati espulsi. Fu allora che decisero di tornare in Argentina.

«Capisci?» concluse, «che essendo vissuta in paesi dove la maggioranza della popolazione era negrita o india, fu uno shock per me ritrovarmi in un paese "europeo" al sud del mondo...».

«Allora i tuoi genitori sono vivi?» domandai un po' sorpreso.

«Hijos è un'associazione che raccoglie i figli degli scomparsi, dei prigionieri, degli assassinati e degli esiliati» spiegò Daniela, la ragazza che mi aveva offerto lo snack.

«Hai un nome italiano» sottolineai.

«Anche il cognome. Mi chiamo Daniela Boscarol. La mia famiglia proviene dalla colonia piemontese di Córdoba».

Suo papà si chiamava José Luis, era un guerrigliero dell'Ejercito Revolucionario del Pueblo ed era stato abbattuto nel

'74. Mirta, sua madre, l'aveva presa in braccio ed era corsa all'aeroporto. Fino al novembre del '95 erano rimaste a Città del Messico, vivendo fra gli argenmex, la numerosa comunità argentina ormai perfettamente integrata nella società messicana.

«Anch'io sono stato in esilio a Città del Messico» le confidai.

«Che bella città!» esclamò con un entusiasmo che non riuscii a condividere.

Si era unita agli Hijos solo da pochi mesi e aveva rincontrato ragazzi con cui aveva giocato da bambina in esilio. Ora erano grandi e, pretendendo giustizia e preservando la memoria collettiva dei loro genitori, cercavano faticosamente di ricostruirsi un'identità.

«Vogliamo sapere cos'è successo alle vittime, a ognuna di loro. Questo è il nostro concetto di verità» spiegò decisa, per aiutarmi a comprendere la loro posizione.

«E arrivare a processare i colpevoli» aggiunse German, il più vecchio del gruppo, che fino allora era stato zitto. «Mio padre era maoista e lo assassinarono nel '76, quando avevo sei anni. Mia madre se la llevaron un anno dopo e io sono rimasto solo con le mie sorelle. Non è stato facile crescere così; ho avuto anche qualche problema di droga ma ora ne sono fuori. Io voglio che i golpisti paghino per quello che mi hanno fatto».

Continuammo a parlare a lungo. Del passato e del futuro. Il presente ci piaceva poco. Rimasi colpito dal rapporto che avevano con la memoria dei loro genitori. Emersero infatti ritratti affettuosi ma molto realistici di uomini e donne con tutti i pregi, i difetti e le ingenuità della generazione degli anni Settanta.

«Il ciclo della vita è implacabile» commentai poi a voce alta, riferendomi alle Madri e alle Nonne. «Tra non molto toccherà a voi reggere tutto il peso della ricerca della verità e della giustizia. Toccherà a voi conservare la memoria...».

«Mia zia non voleva raccontarmi quello che era successo ai miei genitori» intervenne Mario. «Diceva che per lei era doloroso ricordare. Allora io le dissi "Raccontamelo e io non te lo chiederò mai più". E fu così. È successo molti anni fa ma io non ho scordato una parola. Parole che da allora ho ripetuto molte volte e ripeterò ancora all'infinito. Per noi non è doloroso ricordare chi siamo».

Li stavo salutando, stringendo loro la mano con sincera simpatia, quando una donna anziana dal passo e dall'abbigliamento giovanile ci passò di fianco per infilarsi in un ufficio.

I ragazzi mi dissero che era italiana. Anzi, veneta, come me. Di Oderzo, in provincia di Treviso, per l'esattezza. Si chiamava Angela Paolin, vedova Boitano, ma tutti la chiamavano Lita.

CAPITOLO QUINDICESIMO
Il racconto di Lita

Quand'ero piccola, ogni domenica mattina lo zio mi portava in macchina al porto di Boca, dove arrivavano le navi italiane, a guardare le bandiere tricolori.

Era l'unico legame con la terra che non avevamo mai dimenticato.

Sposai un argentino di origine spagnola, ma i nostri figli frequentarono la scuola italiana Cristoforo Colombo e andarono in Italia con le borse di studio offerte dal consolato italiano. Michelangelo, il maggiore, fu il più bravo della classe dalla prima elementare fino al diploma. Si iscrisse alla facoltà di architettura e, per pagarsi gli studi – perché il padre era morto nel '68 e le nostre condizioni economiche non erano delle migliori – lavorò come impiegato in una multinazionale italiana. Militava nella Gioventù Peronista; lo sequestrarono il ventinove maggio del '76. Nessuno mi avvertì. Capii quello che era successo quando la mia casa venne perquisita dai militari. Presentai denuncia di habeas corpus e mi rivolsi a un cugino ammiraglio che promise di aiutarmi.

Dovetti poi recarmi in Brasile dove viveva Silvia, l'altra figlia. Era ammalata e aveva bisogno di essere operata. Tornate in Argentina nell'agosto dello stesso anno, andammo a vivere in un'altra casa; in seguito all'intervento, che andò bene, Silvia poté tornare all'università. Anche lei studiava architettura, e anche lei trovò lavoro come traduttrice presso una ditta italiana di componenti elettronici.

Vivevamo pensando a Michelangelo, sempre più atterrite

dalle voci che cominciavano a circolare sulla sorte dei desaparecidos. Quando ci rendemmo conto che il nostro parente ammiraglio non ci avrebbe mai aiutato, mia figlia decise di contattare i compagni del fratello per cercare di avere sue notizie. Non ebbe difficoltà a rintracciarli, nonostante il clima di terrore, perché li aveva già incontrati.

Il ventiquattro aprile del 1977 io e Silvia andammo in chiesa ad ascoltare la messa. Lei era preoccupata: da due giorni erano scomparsi il suo fidanzato e un caro amico. All'uscita, mi fermai a parlare con una conoscente: mia figlia mi precedette di una cinquantina di metri. Ai piedi della scalinata del sagrato alcuni uomini l'afferrarono e la caricarono su una macchina. Altre due, piene di uomini, erano appostate nelle vicinanze. Io, impietrita, non riuscii nemmeno a gridare. Mi feci il segno della croce. Ero rimasta sola.

Da un telefono pubblico, disperata, chiamai il cugino ammiraglio e lo supplicai di salvare Silvia. All'inizio mi rimproverò di avere allevato sovversivi, poi mi disse che solo se responsabile del sequestro era stato un "operativo" della ESMA, la scuola di meccanica della marina, avrebbe potuto fare qualcosa. Non ebbi mai più sue notizie.

Bussai allora alla porta del consolato italiano. In una riunione delle Madri a cui avevo partecipato un paio di mesi prima, si era deciso di rivolgersi alle rappresentanze dei propri paesi nella speranza di ottenere aiuto per i nostri figli.

Mi rivolsi al consolato e non alla ambasciata, non solo perché già mi conoscevano per le borse di studio vinte da Silvia e Michelangelo, ma soprattutto perché sapevo che l'ambasciatore era molto "amico" dei militari e non avrei ottenuto quindi nessun aiuto.

Il console mi raccontò il caso di un italiano, amico di mio figlio, che era stato sequestrato con la moglie e successivamente rilasciato ed espulso dal Paese grazie all'interessamento di amici del padre, un chimico che lavorava per una ditta italiana. Allora non capii il significato delle sue parole; solo anni dopo, in Italia, venni a sapere che per aiutare efficacemente i miei figli avrei dovuto rivolgermi alle aziende italiane per cui lavoravano. Chi l'ha fatto è riuscito quasi sempre a riportare a casa i propri cari... Grazie alla P2. Non bisogna dimenticare che Perón aveva insignito della massima onorificenza argentina – l'ordine del Libertador San Martín – Licio Gelli, che aveva la doppia cittadinanza, e che l'ammiraglio Massera e il generale Suárez Mason, due dei massimi responsabili della repressione illegale, erano fratelli piduisti da molto tempo. L'intreccio di interessi tra industrie italiane, massoneria e militari era tale da rendere possibile la liberazione degli italiani sequestrati... Ma a quel tempo ero solo una madre che non aveva più i suoi figli e tante cose non le sapevo.

Entrai a far parte dei Familiares, allora non ancora un'associazione ma soltanto un gruppo di parenti che tentava di farsi sentire. Dall'estero ci dissero che l'unica persona che ci poteva aiutare era il Papa. Paolo VI aveva convocato le Madri per un colloquio privato, ma purtroppo era morto poco prima di riceverle e Giovanni Paolo II fino a quel momento non aveva dimostrato interesse per la nostra tragedia, nonostante ne fosse perfettamente a conoscenza per i particolareggiati dossier inviati continuamente da alcuni vescovi argentini. Nel febbraio del 1979 venni incaricata di guidare una delegazione di Familiares a Puebla, in Messico, dove si teneva la terza Conferenza Episcopale latino-americana alla presenza di Wojtyla: ci illudevamo che almeno in quell'occasione ci avrebbe dato ascolto. L'incarico mi era stato affidato non solo perché ero sempre stata una cattolica praticante ma anche perché ero una dei pochi a non aver perso la fede. Il che era capitato invece alla maggioranza dei parenti, rimasti profondamente scossi dalla scoperta che i campi clandestini erano abitualmente frequentati da sacerdoti che benedicevano gli assassini, estorcevano confessioni ai prigionieri e assistevano alle sedute di tortura.

Un giovane, amico dei figli scomparsi di una delle madri del nostro gruppo, chiese all'ultimo momento di partire con me. Temeva per la sua vita e voleva espatriare. Arrivati a Puebla, dopo qualche giorno, scoprimmo che il ragazzo, precedentemente sequestrato dalla marina, era un infiltrato... Evidentemente lo scopo dei militari era quello di conoscere la nostra rete anche all'estero per poterci ammazzare meglio. Fu così che diventai un'esiliata. Con quattromila dollari (che ci avevano donato i benedettini belgi) io e un'altra madre potemmo raggiungere Parigi, Ginevra e infine l'Italia.

La mia compagna di viaggio era Giovanna Ferraro Bettanin di Thiene, provincia di Vicenza, donna coraggiosa e indomita: un figlio era stato ucciso sotto i suoi occhi, la figlia era stata fucilata, il terzo figlio era scomparso e lei stessa, con la nuora e i nipotini, era stata sequestrata, torturata e violentata per giorni alla presenza di un medico perché non morisse e potesse raccontare a tutti cosa accadeva ai sovversivi. Da anni attende di poterlo raccontare a un tribunale italiano: la sua sola testimonianza sarebbe più che sufficiente a inchiodare i militari alle loro responsabilità.

Iniziammo a seguire il Papa per tutta l'Europa, arrivando a digiunare, pur di essere ascoltate. A Roma, andammo a San Silvestro dai padri Pallottini, pensando di trovare accoglienza e sostegno, dato che i militari argentini il quattro luglio del '76 a Buenos Aires avevano ammazzato tre sacerdoti e due seminaristi dell'ordine. Con nostra grande sorpresa, ci confessarono di aver paura – in Italia e in Argentina – e di non sentirsela di aiutarci.

Ci rivolgemmo allora a Raniero La Valle e a sua moglie Cettina che ci indirizzò a una parrocchia di periferia, quella di Monteverde Nuovo. Qui trovammo finalmente solidarietà. Infatti organizzarono un digiuno di tre giorni: ne parlarono tutta la stampa e le televisioni. Solo il Papa continuò a tacere. Il parroco riunì poi quattordici parrocchie romane i cui sacerdoti firmarono un documento che venne consegnato personalmente al Santo Padre. E il ventinove ottobre 1979 Wojtyla, dopo aver parlato a lungo della repressione in Cecoslovacchia, pronunciò per la prima volta la parola desaparecido. Si espresse come se fossero tutti morti e per noi fu un duro colpo. Il fatto che ne avesse parlato fu comunque un piccolo, doloroso passo avanti.

Scelsi l'Italia come paese d'esilio; per mantenermi lavoravo come cuoca nella parrocchia di Monteverde. Il resto del tempo lo dedicavo a denunciare la scomparsa dei nostri figli per tentare di salvarne altri. Faticosamente conquistammo manciate di cuori e coscienze di persone meravigliose che ci aiutarono in tutti i modi, ma l'ambiente della politica ufficiale ci trattò sempre con una gentilezza un po' falsa: comprendevano la nostra tragedia, ma gli interessi del governo e del paese...

Nel 1981 chiedemmo ai segretari dei partiti di firmare un appello da pubblicare a pagamento sul *Clarin*, un importante quotidiano argentino. Firmarono Berlinguer, Craxi, Spadolini e altri. Nel frattempo era cambiato il governo e Presidente del Consiglio era Spadolini. Sapevamo che se in quel momento avessimo richiesto agli interessati l'autorizzazione a pubblicare l'appello ce l'avrebbero negata oppure alcuni avrebbero ritirato la firma; in quell'occasione anche noi scegliemmo i nostri interessi: in Argentina la gente continuava a sparire, ogni giorno, ogni ora, e quell'appello era davvero importante! Anzi, per renderlo ancora più efficace mettemmo al primo posto il nome di Spadolini. I militari erano così ignoranti da pensare che si trattasse di un appello del Governo italiano. Così accadde infatti, e si sfiorò l'incidente diplomatico.

Anche con il PCI abbiamo avuto problemi. La pressione dell'Unione Sovietica era forte, ce ne rendevamo conto nel cercare di denunciare i golpisti all'ONU: ci boicottava in tutti i modi. Dava vite umane in cambio di grano e bistecche! Moltissimi militanti e parlamentari comunisti ci appoggiarono e lo stesso Berlinguer firmò a nostro favore. Ma ancora oggi penso che il lavoro di poche casalinghe esiliate fu molto più importante di quello svolto dal più grande partito comunista d'Europa.

Nel 1982 il Governo italiano sostituì l'ambasciatore in Argentina e nel novembre dello stesso anno il *Corriere della Sera* pubblicò la lista di cinquecento desaparecidos di nazionalità italiana. Fu un evento di portata straordinaria che costrinse il Ministro di Grazia e Giustizia a scrivere una lettera al Procuratore Generale presso la Corte di Appello di Roma, chiedendo di procedere penalmente nei confronti dei responsabili.

Nacque così il processo "italiano" contro i militari argentini. Appoggiammo subito l'iniziativa con le nostre testimonianze: pensavamo che almeno per i quarantacinque desaparecidos nati in Italia si potesse arrivare subito alla conclusione dell'istruttoria. Invece sono trascorsi quattordici anni e sul processo grava addirittura il rischio di archiviazione: il giudice dice che le prove non sono sufficienti...

Tornai in Argentina nel 1983. Alfonsín guidava il Paese da appena sei giorni e io scesi la scaletta dell'aereo fiduciosa di ottenere giustizia.

La democrazia promulgò leggi, concesse indulti e amnistie ma non arrivò nemmeno a processare i duemilatrecento militari materialmente responsabili delle torture e degli omicidi dei nostri figli.

Non ho mai smesso di lottare per ottenere giustizia. Mai, nemmeno un giorno. Adesso dedico tutte le mie energie alla celebrazione del processo in Italia: è una delle poche speranze che ci rimangono. Siamo consapevoli che la condanna oggi avrebbe solo un valore morale ma per noi è importante che l'Argentina diventi un'immensa prigione e che gli assassini vivano sapendo di non poter uscire dal paese senza rischiare l'arresto.

Non è certo quello che speravamo, ma almeno ci renderebbe meno amaro incontrare per strada le loro facce sorridenti.

I miei figli erano italiani. Prima hanno sequestrato Michelangelo, poi Silvia. Me l'hanno portata via sotto gli occhi, ai piedi della scalinata di una chiesa. Mi feci il segno della croce. Fu il mio modo di dirle addio.

CAPITOLO SEDICESIMO
Tanos

Mentre scendevo le scale della metropolitana mi accorsi di avere fame. Mi infilai in un ristorante italiano vicino alla stazione Gardel dove mangiai di gusto un mezzo chilo abbondante di filetto al sangue, una montagna di patatine, fritte nello strutto di vacca, accompagnando il tutto con un litro di birra Palermo.

"Una vera cena alla Tex Willer" pensai, osservando il locale semideserto arredato in stile spaghetti-western. Molti tavoli sembravano preparati da giorni e qualche altro era occupato da anziani che parlavano tra loro in uno strano miscuglio di italiano e spagnolo e bevevano vino delle cantine Bianchi. Dalla cucina arrivavano le note di un vecchio tango: "Pensa il tano Domingo Pulenta al dramma della sua emigrazione, e nella sudicia osteria dove canta la nostalgia del vecchio paese, stona la gola sua rauca...".

Il padrone, cuoco e cameriere, attese che terminassi di mangiare prima di sedersi al mio tavolo per chiacchierare. Sapeva che ero italiano e che alloggiavo al vicino N'ontue. Mi raccontò che quella zona della lunghissima avenida Corrientes era ormai in pieno decadimento: i turisti erano una vera rarità e i quattrini si erano allontanati verso sud, in direzione del porto, dove si erano trasferite le famiglie abbienti. Del glorioso passato erano rimaste solo le mura perimetrali del vecchio mercato e la facciata dei palazzi. Si lamentò dei peruviani e degli altri immigrati e mi raccontò qualche aneddoto su Carlos Gardel.

Mentre pagavo il conto mi accorsi che sulla parete alle spalle della cassa spiccava un gagliardetto della polizia di Buenos Aires, abbastanza vecchio da poter essere un ricordo dei bei tempi della dittatura.

Il padrone colse la mia occhiata e si affrettò ad assicurarmi che l'aveva attaccato per far contenti gli sbirri quando venivano a scroccare un bicchiere di vino. Si vedeva che mentiva e me ne andai sibilando insulti.

«È uno di quelli, e non sono pochi, che pensano che i generali non fossero poi così male» commentò Inocencio quando gli chiesi informazioni sul ristoratore, «è un fascista nostalgico e risponde volentieri alle domande dei poliziotti. Forse pensa di ottenere uno sconto sulla protezione» concluse ridendo. Per qualche secondo il corpo si mosse scomposto dentro la giacca con gli alamari.

Tirai fuori la fiaschetta del liquore e gliela porsi. «Sono totalmente confuso» gli confidai, «pensavo che si trattasse di un tranquillo viaggio nell'orrore con lineare presa di coscienza e conseguente sconvolgimento esistenziale» ironizzai un po' stupidamente. «Invece è tutto estremamente più complesso. Oggi sono stato addirittura rimproverato e insultato da una donna intelligente e sensibile e sono così certo delle sue ragioni che non riesco nemmeno a iniziare a fare i conti con la realtà».

Il portiere mi restituì la bottiglia e si pulì con cura la bocca con un fazzoletto a fiorellini rossi e gialli. «Perché non si riposa un po', señor? Santiago non passerà prima di un paio d'ore».

Il posto dietro l'autista dove ero solito sedermi era occupato da un magro capellone quarantenne. L'autista ci presentò. Il tizio si chiamava Marcelo, viveva in Europa, era un attore, un sopravvissuto del campo clandestino Garage Azopardo.

Mi fece cenno di sedermi accanto a lui. «Me ne sono andato perché negli occhi degli altri vedevo il dubbio, la domanda inespressa: "Perché tu sei vivo e tutti gli altri no?"» iniziò a parlarmi in tono concitato senza che lo avessi sollecitato in nessun modo. «E io non sapevo cosa dire. I militari avevano la loro logica, i loro piani, strategie studiate a tavolino: noi eravamo solo pezzi di carne con una bocca per urlare e dare informazioni. Loro sceglievano chi doveva sparire e chi doveva riapparire. I sopravvissuti raccontavano e la gente si cagava dalla paura: abbassava la testa o abbandonava il paese. Un milione e mezzo di argentini ha attraversato le frontiere per la paura di finire nei campi... E noi resuscitati servivamo proprio a questo: seminare il terrore perché chi usciva vivo aveva lo stesso aspetto di un morto, salvo che giurava di non esserlo».

Si accese una sigaretta e se la fumò tutta prima di continuare: «Non è affatto facile il destino di sopravvissuto. Ovvio che sono contento di esserlo e di essere vivo, anche se ho la mia scorpacciata di incubi e il culo rotto. Ma credimi: ancora non so perché mi hanno graziato».

«Raccontagli la storia dall'inizio» intervenne Santiago, «altrimenti non capisce».

«Frequentavo l'ultimo anno delle superiori. Ero un giovane peronista aspirante montonero. Quando è arrivato il golpe ci siamo guardati in faccia e abbiamo detto "sarà uno dei tanti". Iniziammo a prendere precauzioni tipo non salutarci a scuola tra compagni della stessa cellula, controllare se eravamo pedinati, non dormire a casa... ma alla mattina andavamo a scuola come sempre. Ci hanno preso tutti nel giro di due-tre giorni, con calma, quando hanno deciso che era arrivato il momento di fare pulizia nella nostra zona. Mentre ti torturavano, ti consigliavano di collaborare perché, tanto, lo avevano già fatto altri. Poi, ti mettevano in una cella dove trovavi uno dei tuoi amici che si stava mangiando un bel pollo arrosto con la pelle croccante, e tu eri digiuno da tre giorni. Lo guardavi e pensavi che gli avevano dato da mangiare perché stava parlando e invece, magari, non era affatto vero; era solo un modo per creare un clima di sospetto tra i prigionieri. Ma le piaghe e la pancia vuota ti facevano venire i pensieri più strani e le tentazioni più strazianti. Poi, un bel giorno, ti accorgevi che gli altri erano spariti e una guardia ti diceva che eri stato bravo e che avevano deciso di rilasciarti».

Un ricordo improvviso gli tolse il fiato e gli fece perdere il filo del racconto. Mentre si accendeva un'altra sigaretta io ne approfittai per domandare all'autista la meta di quel viaggio che durava ormai da un bel po'.

«Prima portiamo Marcelo a un appuntamento, poi noi continuiamo verso nord, andiamo alla ESMA».

La scuola di meccanica della marina era unanimemente considerato il più terribile dei campi. «Basta storie di desaparecidos» lo implorai, «ormai mi scivolano dalla memoria e mi sento in colpa».

Santiago sghignazzò: «Gente difficile i desaparecidos. Pretendono un sacco di attenzioni. Non ti preoccupare, niente vittime questa notte... il tour ha imboccato la via dei carnefici».

Giungemmo di fronte a una palazzina con la facciata a piastrelle dai colori sgargianti. Santiago scese e suonò un campanello. Qualche minuto dopo si aprì il portone e spuntò la ruota di una motocicletta spinta da un uomo. La moto, di media cilindrata, era in condizioni quasi perfette, anche se risaliva alla fine degli anni Sessanta. Su un lato del serbatoio uno scolorito adesivo dei Jefferson Airplane era attaccato con lo scotch.

L'attore scese dall'autobus e accarezzò il fanale, prima di abbracciare l'uomo. I due erano visibilmente commossi e si misero a parlare della motocicletta per non farsi travolgere dall'emozione. Marcelo spinse poi a fondo il pedale e il motore si accese al primo colpo assestandosi sul ritmo rassicurante dei quattro tempi. L'altro montò sul sellino posteriore e partirono salutandoci con un vago cenno della mano.

«Una storia a lieto fine?» domandai, quando l'autista risalì sull'autobus.

«Era la sua moto» spiegò Santiago mentre ci allontanavamo dalla zona, «e quello era il suo migliore amico, un compagno di scuola e di movimento; gli affidò la moto quando cominciò a sentirsi in pericolo e lui gliel'ha tenuta per diciannove anni» concluse ammirato.

«Allora non ha parlato» ragionai, «quel tizio ne è la prova vivente».

«Da quello che so, l'amico poteva offrire un rifugio sicuro, Marcelo invece gli ha lasciato la moto ma non ha voluto metterlo in pericolo con la sua presenza. D'altronde, come lui stesso ha ammesso, pensavano che il golpe fosse solo uno dei tanti».

«Però continuerà a sentirsi in colpa per esserne uscito vivo».

«Buenos Aires è la seconda città del mondo per numero di psicanalisti. Qualche motivo ci sarà...».

La facciata grigia di una chiesa moderna mi fece ricordare il volantino che avevo letto in Plaza de Mayo. Lo cercai nelle tasche del giaccone e lo mostrai all'argentino. «Tutto vero?» domandai ancora una volta.

«Sì. La Chiesa argentina appoggiò la dittatura fino a diventarne complice, sia nella repressione illegale che pubblicamente, usando il pulpito per glorificare i militari. Adesso nega. I vescovi giurano che non si erano resi conto dell'enormità del massacro e si scandalizzano delle accuse. In realtà continuano solo a mentire, le testimonianze sono così numerose e circostanziate da non lasciare spazio al minimo dubbio».

«E l'ala progressista della Chiesa, non la chiamate la Iglesia del pueblo?».

«Fu sterminata. Esattamente come gli oppositori. Vescovi, preti, suore, seminaristi, attivisti laici finirono nei campi clandestini o assassinati per strada e addirittura nelle chiese come i cinque sacerdoti pallottini uccisi a raffiche di mitra nella parrocchia di San Patrizio, qui a Buenos Aires».

«Le Madri accusano anche il nunzio apostolico dell'epoca, un italiano, tale Pio Laghi».

«Il nunzio giocava a tennis con il piduista ammiraglio Emilio Eduardo Massera, che non era solo un militare golpista ma anche un delinquente comune: sperperava i soldi dei saccheggi con le puttane patinate del Mau Mau, uno dei più esclusivi locali notturni di Buenos Aires e usò una delle patotas della base per eliminare il marito dell'amante, l'industriale Fernando Branca. Per non essere individuato di fronte ai prigionieri si faceva chiamare El Negro. Laghi era molto amico di questo galantuomo, tanto da avere l'onore di impartire personalmente i sacramenti ai suoi parenti. Si dice che alla fine dei set i due trovassero il tempo di parlare di qualche desaparecido e pare che Laghi ne abbia salvato più di uno. Una volta visitò il campo clandestino Nueva Baviera nella provincia di Tucumán insieme al generale Bussi e salvò la vita a uno sconosciuto elettricista, regalandogli la sua Bibbia. Ma su tutti gli altri ha taciuto. Lui anche oggi nega sdegnato; forse sogna di diventare il prossimo Papa e non vuole macchie di sangue sul suo bel mantello. Ma è uno sforzo inutile. Nessuno di noi può dimenticare che grazie alla sua influenza di diplomatico del Vaticano avrebbe potuto denunciare al mondo i massacri e fermare la mano di un regime che sosteneva di difendere la civiltà cristiana. Non lo fece perché la Chiesa argentina in realtà credeva nella dittatura come modello politico e lo testimoniano le dichiarazioni pubbliche della maggioranza dei membri della Commissione Episcopale argentina. Dal canto suo, nei giorni del golpe, Laghi benedisse i generali con una frase ormai celebre: "Ognuno ha la sua parte di responsabilità, la Chiesa e le forze armate; la prima è inserita nel processo di riorganizzazione nazionale e accompagna le seconde".

«Una delle più spietate accusatrici dell'ex nunzio è una tua connazionale, Elda Casadio, originaria di Faenza come Pio Laghi. Quando seppe che suo figlio Stanislao era stato sequestrato, si recò alla nunziatura ed espose il suo caso all'alto prelato che si preoccupò solo di sapere se il ragazzo era comunista. Si incontrarono di nuovo anni dopo al cimitero di Faenza dove Laghi stava celebrando una Messa. All'inizio nemmeno la riconobbe, poi le chiese se abitava ancora in Argentina. Quando la signora rispose di sì, lui allargò le braccia e le disse "Allora non posso far niente, ho le mani legate". Un'altra testimone implacabile è Sara Steinberg. Dopo la scomparsa del figlio ventiduenne bussò alla stessa porta. Laghi entrò nella stanza portando una cartellina con tanto di stemma papale. Lesse rapidamente alcuni dati e disse: "Fino a questo momento suo figlio è vivo, ma da adesso in poi...". Quando la donna chiese se sapeva dove si trovasse, rispose che non poteva dirlo...

«Informazioni così particolareggiate poteva ottenerle solo dagli ufficiali dei servizi e da quei settori del clero argentino che avevano ritenuto opportuno impegnarsi in prima persona nella guerra sporca. E il loro ruolo fu determinante nel rendere sempre più feroci e spietati torturatori e assassini perché assicurò, con le benedizioni e le assoluzioni, una copertura morale che rendeva lecita qualsiasi atrocità. Addirittura in molti casi convincevano i militari della non necessità della confessione perché facevano solo il loro dovere. E così nei campi c'erano militari che si definivano "crociati della fede, moderni inquisitori, esecutori della mano di Dio, purificatori", e si rivolgevano ai prigionieri chiamandoli "figli del demonio o infedeli". E sui muri delle sale di tortura se non c'era il ritratto di Hitler, c'era quello della Madonna.

«Pio Laghi non poteva essere all'oscuro di tutto questo, come non poteva non sapere che l'allora Presidente della Conferenza Episcopale, Monsignor Alfredo Tortolo, in una riunione a Porto Belgrano aveva parlato ai cappellani militari della "morte pietosa" per i sovversivi come di un adempimento al proprio dovere. Le forze armate, aveva detto, stavano seguendo il consiglio evangelico di "separare la gramigna dal grano".

«Alla ESMA, dove siamo diretti, organizzavano i voli della morte. Uno di quelli che materialmente faceva precipitare nell'oceano i prigionieri ancora vivi, il capitano Alfredo Scilingo, si è recentemente pentito confessando i suoi crimini; ha anche affermato che il cappellano della base, padre Luis Mancenido, placava la sua coscienza con la "favoletta" della morte pietosa elaborata da Tortolo.

«Ma la prova del coinvolgimento organico di religiosi cattolici nella repressione illegale è emersa dal caso di padre Christian Von Wernich, attraverso le dichiarazioni rilasciate da un funzionario di polizia alla commissione governativa che ha indagato sui desaparecidos. Nella zona di La Plata c'erano tre importanti campi clandestini, La Casita, Arana e La Cacha – dove venne internata tua cugina Laura. Il generale Camps aveva organizzato un progetto di "recupero" dei prigionieri che avevano scelto di collaborare, per usarli in operazioni di disinformazione sul destino degli scomparsi. L'obiettivo era quello di presentarli alla stampa internazionale per dimostrare che le accuse alla dittatura erano solo menzogne. In cambio gli era stata offerta una nuova identità e la possibilità di espatriare.

«Qualcosa poi non funzionò e i militari decisero di eliminare i collaboratori, per non lasciare in vita testimoni scomodi. Il poliziotto, tale Julio Emmed, dichiarò alla commissione di essere stato chiamato per partecipare all'uccisione di tre prigionieri: due donne e un giovane sui ventidue anni. Al gruppo di poliziotti si unì padre Von Wernich che mentì ai prigionieri assicurandoli che stavano partendo per il Brasile dove alcune famiglie erano pronte ad accoglierli. Gli diede dei mazzi di fiori, omaggio dei nuovi amici e li benedisse alla fine di un breve sermone. Senza manette e senza cappuccio, vennero fatti salire su tre differenti automobili che presero la direzione dell'aeroporto Newbery di Buenos Aires. Emmed e il sacerdote viaggiavano con il giovane. A un segnale convenuto, trasmesso via radio, i tre vennero tramortiti; in una strada secondaria li attendeva Antonio Bergez, il famoso "dottor morte", trafficante di bambini ed esperto torturatore, che li uccise con un'iniezione al cuore.

«Von Wernich lavò la coscienza di tutti affermando che quanto avevano fatto era necessario e che Dio sapeva che agivano per il bene del Paese. Oggi è il tranquillo pastore delle anime della parrocchia di Bragado».

«È difficile credere che i suoi superiori fossero all'oscuro del ruolo da lui sostenuto nel progetto del generale Camps. I preti sanno sempre tutto di tutti» commentai, pensando a quanto mi aveva detto Lita Boitano dei dossier sui desaparecidos e sui bambini rapiti, sepolti negli archivi del Vaticano.

Santiago non aggiunse altro. Aveva la gola secca per il lungo racconto e iniziò a prepararsi il mate senza smettere di guidare, con la consumata abilità degli autisti argentini.

Al di là di una cancellata ben protetta, quattro enormi colonne reggevano un timpano illuminato a giorno sul quale la scritta "Escuela de Mecanica de la Armada" spiccava fredda e sinistra come "Arbeit macht frei" all'entrata di Auschwitz.

Creata per l'addestramento del personale tecnico, la scuola era sempre stata un covo di golpisti; la marina argentina aveva tradito spesso e volentieri i governi che giurava di difendere. (Nel '55, nel tentativo di uccidere Perón, l'aviazione delle forze navali bombardò il centro della capitale seppellendo sotto le macerie oltre duemila persone. Il Presidente, uscito illeso dall'attentato, ordinò il sequestro delle spolette delle bombe e il razionamento della benzina dei velivoli).

Durante la dittatura, all'interno della scuola funzionò un campo di concentramento clandestino che "ospitò", in novantadue mesi di attività, diverse migliaia di prigionieri. Ne morirono non meno di cinquemila. Diverse decine di bambini nacquero sul pavimento delle luride celle e vennero strappati dalle braccia delle madri per essere venduti o regalati. Quando i cadaveri da smaltire superavano il limite, venivano bruciati in grandi fosse comuni al limite del campo di calcio. Il personale che non si adeguava veniva eliminato come Carlos Rizzo, impiegato civile della base, sequestrato in casa della madre da una patota della polizia federale nel dicembre del '77, dopo che aveva iniziato a raccontare al bar strane storie di donne e uomini nudi e incatenati a vecchie palle di cannone. Responsabile del campo era il contrammiraglio Rubén Jacinto Chamorro, che litigava di continuo con il tenente di vascello Juan Carlos Rolón per la spartizione dei dischi di tango sequestrati nelle abitazioni dei sovversivi. Arrivarono a togliersi il saluto. A capo della sezione dei servizi segreti c'era il capitano di corvetta Jorge Eduardo Acosta, alias El Tigre, che mandava regolarmente a Londra il suo attendente a comprargli le camicie. Tutti e tre, insieme all'ammiraglio Massera, si specializzarono nel traffico di immobili "ereditati" dai prigionieri e fondarono un'agenzia di vendita nel quartiere Belgrano della capitale. Con un complicato gioco di sequestri di famigliari e ricatti vari, riuscirono addirittura a farsi consegnare dai Montoneros un milione di dollari depositati dall'organizzazione stessa per finanziare la resistenza in una banca svizzera. Accumularono così in brevissimo tempo un'immensa fortuna che Massera, comandante in capo della marina, intendeva utilizzare anche a scopi politici. Non ci riuscì perché la sua carriera si interruppe bruscamente nel 1982, quando fu sostituito dall'ammiraglio Lambruschini: il compagno di tennis di Pio Laghi era diventato ingombrante anche per la giunta militare, nonostante ne fosse stato membro fin dal primo giorno.

Il campo clandestino della scuola era stato installato nel circolo ufficiali, un edificio di tre piani con un grande sotterraneo. Qui si trovavano le sale di tortura insonorizzate e dotate di sofisticate apparecchiature per la registrazione audio e video degli interrogatori. Per raggiungerle si percorreva un corridoio contrassegnato dalla scritta "Avenida de la felicidad". Un piano era interamente occupato dagli uffici dell'intelligence della marina che divideva le sue attività in tre settori: spionaggio, operazioni e logistica; si elaboravano dati, pianificavano sequestri e si decideva il futuro dei prigionieri. Anche alla ESMA si faceva pulizia il mercoledì.

La scuola diventò un modello per tutte le dittature sudamericane; nel febbraio del 1979 vi organizzarono un seminario di "lotta antisovversiva" al quale parteciparono militari e poliziotti provenienti dall'Uruguay, Paraguay, Bolivia, Brasile, Guatemala e Perù. El Tigre Acosta aprì i lavori. Dopo un breve accenno alla storia della sovversione in Argentina, con evidente orgoglio, descrisse l'organizzazione del campo.

«La verità sulla ESMA si seppe grazie a un errore dei militari» raccontò ancora Santiago. «Dimenticarono di eliminare un testimone veramente scomodo: Victor Melchor Basterra. Era rimasto nel campo quasi cinque anni; per non morire aveva collaborato lavorando in un laboratorio di falsificazione dei servizi. Tra il materiale a sua disposizione c'era una macchina fotografica che adoperò clandestinamente per documentare la vita all'interno del campo. Un anno dopo la sua liberazione si presentò alla commissione governativa che indagava sui desaparecidos con una quantità impressionante di prove inconfutabili. Ovviamente non servì a nulla. La democrazia si affrettò a varare due leggi: la prima detta della "ubbidienza dovuta", che sancì l'impunità per il personale militare fino al grado di colonnello; l'altra, chiamata del "punto finale", a protezione degli ufficiali superiori, pose il divieto di istruire nuovi processi».

L'autobus ripartì verso sud.

«Non possono aver ideato e organizzato un sistema repressivo così complesso ed efficiente in poco tempo» borbottai a bassa voce.

Santiago annuì gravemente «Già. Questo è l'aspetto meno noto ma in realtà più importante della storia della dittatura... Conosco un posto qui vicino dove cucinano un matambre delizioso... in caso ti venisse voglia di offrirmi uno spuntino...».

Il nome della pietanza, che in italiano significa "ammazza la fame", all'inizio mi fece storcere il naso, ma poi quel tenero sottopancia di manzo arrotolato e farcito con uova e verdura mi conquistò dal primo boccone. Lo innaffiai con del vino rosso discreto, mentre l'argentino l'accompagnò con un chop di birra Río Cuarto.

Sembravamo due tranquilli nottambuli e per qualche minuto riuscii perfino a rilassarmi.

«Agli inizi degli anni Settanta gli Stati Uniti decisero di bloccare il processo democratico nel Cono sur, come noi chiamiamo questa parte dell'America» iniziò a spiegare Santiago mentre ancora mangiava. «Il loro governo ordinò alla CIA di sostenere il golpe del generale Banzer in Bolivia nel '71, poi quelli dell'Uruguay e del Cile nel '73. Quest'ultimo si rivelò un successo interno ma un pericoloso insuccesso sul piano internazionale. Le televisioni e i giornali di tutto il mondo mostrarono immagini di cadaveri, stadi pieni di prigionieri torturati e soprattutto l'attacco alla Moneda che trasformò Allende in un simbolo per tutti i democratici e fece di Pinochet uno dei personaggi più odiati. Il vecchio modello sudamericano di pronunciamento militare doveva necessariamente essere rivisto e corretto. La CIA, nel gennaio del '74, organizzò un incontro a cui parteciparono rappresentanti delle forze armate di Cile, Bolivia, Paraguay, Brasile, Uruguay e Argentina. La delegazione del nostro Paese era guidata dal commissario generale della polizia federale, Alberto Villar, che dagli amici amava farsi chiamare Rommel. Nel corso della riunione venne deciso di individuare e praticare modelli repressivi più "discreti" e venne elaborata una nuova strategia basata sul coordinamento tra i vari paesi per eliminare le forze di opposizione in esilio. La chiamarono "operazione Condor". In tutto il Cono sur dell'America nessun rifugiato politico si sentì più al sicuro. Gli squadroni della morte viaggiavano da un paese all'altro, sequestravano, interrogavano, torturavano e uccidevano usando le strutture del paese ospite. Nel luglio del 1975 centodiciannove prigionieri politici cileni vennero rinvenuti cadaveri in varie località dell'Argentina. I giornali di Pinochet, sostenuti da quelli della destra locale, affermarono che si trattava di guerriglieri rifugiati oltre confine, assassinati dai propri compagni nel corso di una lotta intestina.

«Qui in Argentina agivano gli uomini della AAA, Alianza Anticomunista Argentina, sbirri e militari provenienti dagli ambienti della destra peronista e dell'estrema destra fascista e nazista, gli stessi che poi formeranno il nucleo dirigente della repressione illegale della dittatura. Eminenza grigia della Tripla A fu il ministro del benessere sociale José Daniel López Rega, segretario privato di Perón e confidente di Isabelita... Dalla creazione dell'organizzazione nel giugno del '73, fino al 24 marzo del 1976, data del golpe, l'Alianza rivendicò più di mille omicidi, oltre a sequestri, incendi e attentati.

«Altra attività a cui si dedicò con pazienza certosina l'Alianza fu la schedatura degli oppositori, trasformatasi poi con estrema facilità in liste di eliminazione, qualche mese prima del colpo di stato, quando il generale Videla, partecipando a Montevideo all'undicesima conferenza degli eserciti americani, nel corso del suo intervento disse: "...È chiaro che in Argentina dovranno morire tutte le persone che saranno necessarie al fine di garantire la sicurezza del paese".

«Nel frattempo lo schema "repressione legale – repressione illegale" era stato perfettamente sviluppato: organizzati i comandi interforze, allestiti i campi clandestini, addestrato il personale "interrogante" a Panama e in Florida, la strategia della desaparición era già stata pianificata nei minimi particolari. La crema dei cervelli dei servizi segreti militari, della polizia e della Tripla A, aveva infatti intuito che l'unico modo per non attirarsi le ire della comunità internazionale era quello di eliminare l'opposizione facendola letteralmente sparire nel nulla. A far da facciata e per accontentare la Croce Rossa e le altre associazioni umanitarie, ci avrebbe pensato la repressione legale con i tribunali, le carceri e qualche migliaio di detenuti. Ma la vera guerra sarebbe stata sporca e sotterranea. E così è stato. Cominciò tutto in sordina.. come ha detto Marcelo, gli argentini pensavano che fosse il solito golpe... le persone sparivano e la gente non capiva come, dove e soprattutto perché. I militari negavano sempre di saperne qualcosa e depistavano costantemente mettendo in giro la voce che uno era scappato con l'amante, l'altro in Brasile e l'altro ancora in Europa. Lo stato d'assedio e la censura impedivano che le notizie si propagassero. Quando gli scomparsi diventarono troppi per essere tutti fuggiti per questioni di corna, la gente cominciò ad avvertire una sensazione strana e la paura di sparire contagiò l'intero Paese».

Pulì con cura il piatto con il pane come fa solo chi non è abituato a sprecare il cibo. «La desaparición è una metodologia repressiva diabolicamente perfetta» continuò agitando nervoso la forchetta, «non esistono forme di resistenza in grado di reggere quel tipo di penetrazione del terrore nella società. Quando i militari argentini si resero conto del "valore" del loro metodo, si montarono la testa e tentarono di esportarlo... di venderlo come fosse un prodotto. Tradussero in varie lingue un manuale di controguerriglia intitolato "Europa-America. Lo stesso terrorismo?" e inviarono degli emissari in Spagna per convincere i servizi segreti locali che la loro era l'unica strategia in grado di sconfiggere i separatisti dell'ETA e, da venditori onesti, offrirono garanzie e assistenza tecnica. Aprirono uffici di rappresentanza a Madrid, Londra e Parigi e vennero assunti dalla casa reale saudita per addestrare il servizio di sicurezza. Se non fossero stati una manica di ladri, in perenne lotta tra loro, e avessero gestito meglio l'economia, senza sentire il bisogno di avventure militari come quella delle Malvine, forse oggi sarebbero ancora al potere come Pinochet in Cile... anche se lui ora, a ottant'anni, è "solo" il capo dell'esercito» ridacchiò.

«Non sapevo che tra i militari ci fossero rivalità, pensavo fosse un blocco sociale molto unito dal punto di vista ideologico e religioso».

«Tutto finto. In realtà si fidavano così poco uno dell'altro che quando vennero inaugurati i campi, per evitare che qualcuno un domani potesse affermare di avere le mani pulite, istituirono la pratica del "pacto de sangre" che coinvolgeva tutti i livelli della gerarchia militare. Si trattava di una "cerimonia" dove il generale e il maggiore, il tenente e il soldato semplice si mettevano nella stessa fila per fucilare i prigionieri».

Mi venne in mente la pistola sul tavolo del generale Bignone, per intimidire una mamma disperata come Estela. "Magari" pensai, "aveva adoperato proprio quella per adempiere al pacto de sangre, uccidendo uno studente o una casalinga". Raccontai l'episodio a Santiago.

«Oh, Bignone, l'ultimo dittatore, un altro coraggioso militare argentino. La sua più grande azione militare fu occupare con elicotteri e mezzi corazzati l'ospedale Alejandro Posadas a Villa Sarmiento; un'eccellente struttura ma fortemente sindacalizzata. Il generale organizzò all'interno un campo clandestino dove vennero torturati e uccisi medici e infermieri; la punta di diamante del suo operativo era una patota di psicopatici che si faceva chiamare SWAT, come la squadra di polizia di un noto telefilm nordamericano. Si distinsero per la crudeltà con cui torturarono le infermiere e per lo stupro di una bambina di dodici anni, figlia del delegato sindacale Jacobo Chester sequestrato e ripescato nelle acque del Río de la Plata sei giorni dopo il sequestro. Quando Bignone ordinò il ritiro delle truppe, del vecchio ospedale efficiente e del personale entusiasta del proprio lavoro, rimase solo il ricordo».

Stanco di tanto parlare si ristorò bevendo la birra a piccoli sorsi. Richiamai l'attenzione del cameriere e ordinai un altro paio di birre, chiedendogli di portarci anche due bicchierini di anice. L'argentino mi scoccò un'occhiata interrogativa. «Mi è venuta voglia di bere come mi hanno insegnato in un paesino dei Pirenei» spiegai, facendo affondare l'anice come un sasso nel liquido chiaro, «i vecchi dicono che scioglie la lingua e caccia la stanchezza».

L'assaggiò e schioccò la lingua con gusto. «Ci voleva» commentò. Poi guardò l'orologio: «Ti riporto all'hotel. Domani mattina devi andare a un funerale celebrato con vent'anni di ritardo».

Capitolo Diciottesimo
Beatriz

Una donna anziana camminava davanti a tutti. Con dignitosa tristezza teneva tra le mani una piccola cassa di legno. Conteneva i resti di suo figlio, José Gastón Roberto Gonçalves, sequestrato dai militari il ventiquattro marzo del 1976, il primo giorno del golpe.

La seguivamo in centocinquanta: qualche parente, qualche sopravvissuto, familiari di desaparecidos. Il corteo avanzava silenzioso, tra la riservata curiosità dei passanti. Qua e là, come bandiere, spiccavano i fazzoletti delle Madri e delle Nonne di Plaza de Mayo.

Entrammo nel cimitero di Flores. Dapprima prese la parola un prete che parlò aiutandosi con ampi gesti delle mani, poi uno dei due figli. Si chiamava Gastón come il padre, aveva ventisei anni e suonava il basso nel noto gruppo rock dei Los Pericos. Con voce ferma recitò *Pido Castigo* di Pablo Neruda. Mi salì il sangue agli occhi. Ma in quelli degli altri vidi solo una pena infinita: l'impotenza delle vittime.

La gente si salutò abbracciandosi e si allontanò alla spicciolata, stringendosi nel cappotto. Mi avvicinai a una donna sui cinquant'anni che avevo visto piangere discretamente.

«È un'amica?» domandai.

Mi guardò sospettosa. «E lei chi è?».

«Sono il nipote di Estela Barnes de Carlotto». Mi presentai per tranquillizzarla. «Se le offro un caffè, mi racconta la storia di Gonçalves?».

Le sorrisi e le offrii il braccio. Lo rifiutò scuotendo appena il capo. «Es siempre la misma canción» disse piano, «non ti sei accorto che le storie sono tutte uguali?».

Le rivolsi un'occhiata complice. So che non pensava quello che aveva appena detto. Ma quel giorno si era resa conto, una volta di più, che morti, scomparsi e sopravvissuti non avevano nessuna speranza di ottenere giustizia.

«Bisognerebbe chiederlo a Gonçalves» ribattei un po' carogna. Non volevo andarmene senza conoscere la sua storia.

«Hijo de puta» mi apostrofò senza cattiveria e si voltò per ricambiare il saluto di un'amica che aveva attirato la sua attenzione chiamandola Beatriz. «Eravamo entrambi militanti della Gioventù Universitaria Peronista» iniziò poi a raccontare, accendendosi una sigaretta. «Gastón si occupava della campagna di alfabetizzazione nei quartieri più poveri della zona nord di Buenos Aires. Era un bel ragazzo, capelli neri, occhi neri e un gran paio di baffoni. Ricordo che poco prima del golpe portava spesso con sé il piccolo Gastón di appena sei anni. Si era separato dalla prima moglie e Ana María del Carmen Granada, la sua nuova compagna, era incinta di sei mesi.

«Il giorno del golpe lo presero per strada mentre si stava recando a una riunione; fu visto vivo per l'ultima volta cinque giorni dopo, all'interno di un cellulare della polizia. Presentava evidenti segni di tortura».

Per un attimo persi il filo del discorso. L'ultima frase mi aveva colpito per la consumata piattezza: "Presentava evidenti segni di tortura". Terminologia da dossier. Astrusa, fredda, imprecisa. Un voler prendere le distanze da sofferenze indicibili... "Perché è capitato a tutti" mi dissi... "Anche a lei" pensai. E la osservai. Era sfiorita ma doveva essere stata bella e sorridente, fino al giorno in cui i militari non le avevano infilato un cappuccio sulla testa. Il mio sguardo seguì come un sentiero il sottile intreccio di rughe che tanti anni prima dovevano essere apparse all'improvviso sulla sua giovane pelle.

La donna parlava veloce, aveva fretta di terminare la storia di Gonçalves. Ripresi ad ascoltarla.

«...Ana María si rifugiò a San Nicolás nella casa di una coppia di amici. Quando nacque il figlio, lo registrò all'anagrafe, esibendo documenti contraffatti, con il nome di Claudio Novoa. Qualche mese dopo i militari individuarono il nascondiglio e lo attaccarono. Morirono tutti, eccetto il bambino che venne dato in affidamento a una coppia senza figli.

«Dopo la fine della dittatura, nel 1983, la madre di Gonçalves entrò a far parte dell'associazione delle Nonne di Plaza de Mayo e iniziò la ricerca di suo figlio, della nuora e del nipotino. Prima riuscì a localizzare il corpo di Ana María; poi nel '91, trovò Claudio, che aveva ormai quasi quindici anni. Gli avevano sempre raccontato di essere stato abbandonato dalla sua vera mamma.

«Il corpo di Gastón, invece, è stato trovato un paio di mesi fa. Un'ex impiegata del cimitero di Escobar, per vendicarsi del licenziamento, ha denunciato la presenza di tombe clandestine di desaparecidos. Tra i tanti è stato rinvenuto uno scheletro con un chiodo chirurgico nel femore: il mio amico aveva avuto un incidente motociclistico otto mesi prima del golpe ed era stato operato...».

«E i torturatori? Gli assassini?» la interruppi. Neruda continuava a scorrermi nelle vene.

Mi rivolse un sorriso rassegnato e snocciolò stancamente tre nomi: «Il commissario Juan Fernando Meneghini, il capitano dell'esercito Eduardo Francisco Stigliano e l'intendente di polizia Luis Abelardo Patti». Dalla borsetta estrasse un quotidiano piegato in quattro. «Proprio oggi c'è un articolo su di lui. Leggilo» disse porgendomelo.

«E tu in che campo sei finita?» domandai cauto.

«El Banco. Con mio marito» rispose stancamente. «Quando lo torturavano riconoscevo le sue urla. Duravano esattamente il tempo delle scosse elettriche: tre secondi. Alla fine un urlo durò più a lungo... capii che me lo avevano ammazzato». Con la punta della scarpa schiacciò il mozzicone sulla ghiaia del viale del cimitero e si allontanò senza salutare.

Mi sedetti su una panchina e cominciai a sfogliare il giornale. A pagina undici trovai il pezzo, intitolato *Accumulando delitti*. Luis Abelardo Patti era un delinquente confesso che durante la dittatura si era macchiato dei peggiori crimini: sequestri, omicidi, stupri e torture, ma come tutti gli altri era stato amnistiato. Oggi, poteva ancora ricoprire l'incarico di intendente di polizia, solo grazie all'esplicita protezione del presidente Menem e del governatore Duhalde. Si vantava con la stampa di torturare i sospetti e di tenere in cella di sicurezza imputati minorenni fino a quindici giorni, prima di avvertire il giudice. Nel 1983 aveva assassinato il cittadino italiano Osvaldo Cambiaso...

Sfogliai ancora il quotidiano e vidi che ricorreva il ventesimo anniversario della scomparsa di Hugo Federico Gonzalez, di professione attore. Lo ricordavano la madre, la fidanzata Cecilia, i fratelli, gli amici e i colleghi del teatro. Orgogliosi citavano la testimonianza di una sopravvissuta del campo clandestino di El Vesubio: di notte, Hugo cantava canzoni di Serrat per darci la forza di resistere.

Susana e la figlia Marina piangevano invece Ruben Kriskautzky, scomparso il quindici agosto del 1978.

I figli Pablo e Ernesto ricordavano Elías Seman, sequestrato il sedici agosto del 1978...

Ripiegai il giornale e lo infilai in un cestino pieno di fiori appassiti. Uscii dal cimitero e iniziai a risalire lentamente avenida Eva Perón.

Calle Hipólito Yrigoyen. Salii le scale della sede delle Madri di Plaza de Mayo, annunciato dal trillo insistente di un campanello di sicurezza azionato dall'apertura del portoncino.

Venni accolto dal sorriso di Elsa Manzotti che mi domandò il motivo della mia visita.

«Vorrei parlare con Hebe de Bonafini».

«A quale proposito?».

«Sono il nipote di Estela Carlotto».

Ci fu un attimo di gelo, poi una delle madri si alzò e andò a bussare alla porta dell'ufficio della presidentessa.

Iniziai a chiacchierare con Elsa ma fummo quasi subito interrotti dall'arrivo di un'insegnante trentenne; aveva deciso di parlare ai propri alunni della guerra sporca ma "si era accorta di saperne poco", spiegò imbarazzata. Elsa la guardò con dolcezza e iniziò a illustrarle la storia e l'attività dell'associazione, mentre un'altra donna più anziana raccoglieva dagli scaffali volantini e pubblicazioni.

La giovane donna, dopo qualche minuto, si trovava già completamente a suo agio e si rivolgeva alle due madri con una certa familiarità. Le madri, come le nonne, avevano la straordinaria capacità di rivolgersi alle persone più giovani come se le conoscessero da sempre... un po' come se fossero i loro figli o i loro nipoti scomparsi.

Alle pareti, vent'anni di storia in bianco e nero. Hebe a colloquio con i coniugi Mitterrand, con Pertini, con Sting, con Rafael Alberti. Hebe a Cuba, in Olanda... sempre e ovunque, con il fazzoletto bianco e l'inesorabile richiesta di giustizia.

«Ognuna di noi bussava dappertutto, commissariati, ministeri, carceri, ospedali, caserme... e chiese per cercare di avere notizie sui desaparecidos» iniziò a raccontare Elsa per rispondere all'insegnante che voleva sapere perché avevano scelto proprio Plaza de Mayo. «Un giorno eravamo riunite nella chiesa Stella Maris, dove andavano a pregare i torturatori della marina, per incontrare il capo dei loro padri spirituali, il cappellano militare monsignor Grasselli. A un certo punto, Azucena Villaflor De Vincenzi disse che non aveva senso stare lì a farci prendere in giro ma che dovevamo diventare "visibili", farci riconoscere dalla gente... Plaza de Mayo era il posto giusto, proprio di fronte al palazzo del governo.

«La prima volta ci presentammo in quattordici; era un sabato, il trenta aprile del 1977. La volta successiva fu un venerdì e infine un giovedì. All'inizio, essendo pochissime, non marciavamo intorno al monumento – come facciamo oggi – ma ci sedevamo sulle panchine. Il resto della settimana andavamo nei commissariati e nelle caserme a parlare con le madri che si recavano a denunciare la scomparsa dei loro figli e le invitavamo a venire con noi nella piazza.

«Quando diventammo una sessantina, la polizia ci fece alzare a manganellate dalle panchine, intimandoci di andarcene, di camminare. Ci stringemmo tra noi, prendendoci a braccetto a piccoli gruppi e iniziammo a marciare intorno alla piramide al centro della piazza. E da allora non abbiamo mai smesso.

«Perché non ci fossero dubbi su chi eravamo decidemmo di farci riconoscere indossando un fazzoletto bianco; all'inizio altro non era che un pannolino, ricordo dell'infanzia dei nostri figli.

«Un giorno la polizia chiese i documenti a una madre per identificarla. La settimana seguente quando tentarono di identificarne un'altra, tutte e trecento – ormai eravamo così tante – consegnammo la nostra carta d'identità per dimostrare che non c'era più nulla che potesse intimidirci.

«Allora cambiarono sistema. Nel mese di agosto cominciò a farsi vedere in piazza un giovanotto biondo dai modi gentili. Disse di chiamarsi Gustavo Nino e di avere un fratello sequestrato. Partecipò per alcuni mesi alle nostre riunioni che allora si tenevano nella chiesa di Santa Cruz. E fu proprio lì che l'otto dicembre del 1977 si presentò con l'uniforme di ufficiale della marina. Scoprimmo che Gustavo era il capitano Alfredo Astiz chiamato "l'angelo della morte", torturatore e assassino della ESMA, la scuola di meccanica della marina. Astiz sequestrò le madri Azucena Villaflor de Vincenzi, Mary Ponce, Esther Balestrino, alcuni famigliari e due monache francesi, Leonie Duquet e Alice Domon. Scomparvero come i loro cari; solo delle suore si sa che dopo essere state torturate e violentate vennero gettate vive nell'oceano da un aereo e ribattezzate – dal capitano e dai suoi complici – "le monache volanti". Il commento del cappellano della scuola fu che le due francesi avevano ficcato il naso in faccende che non le riguardavano. Astiz per questo crimine è stato condannato all'ergastolo in Francia e non può più uscire dai confini dell'Argentina senza correre il rischio di venire arrestato.

«Avevano creduto di fermarci; ma il giovedì successivo noi ci presentammo nuovamente in Plaza de Mayo... Il periodo peggiore fu però durante i mondiali di calcio del '78. I militari non volevano che la nostra presenza disturbasse la grande festa dello sport e in Plaza de Mayo ci aizzavano contro i cani che ci mordevano le mani e le gambe. Noi ci difendevamo con un giornale arrotolato che infilavamo nella bocca dei dobermann. Arrivarono a lanciare lacrimogeni e noi, come avevano fatto precedentemente i nostri figli, imparammo a sopportare i gas premendoci sulla bocca fazzoletti impregnati di acqua e bicarbonato. Non volevamo perdere la nostra piazza e fummo costrette a batterci come ragazzi, noi, che eravamo solo delle casalinghe di una certa età. Iniziarono ad arrestarci a gruppi di sessanta o settanta. Quelle di noi che non venivano caricate sui cellulari, correvano al commissariato e chiedevano di essere arrestate. Insomma, ogni giovedì era una battaglia, ma noi non abbiamo mai abbandonato la nostra piazza...».

Hebe entrò nella stanza con il suo solito passo deciso e si sedette sul bordo di un tavolo: «Sei un Carlotto, perché vuoi parlare con me?». Così mi affrontò, incrociando le braccia.

«Voglio capire».

CAPITOLO DICIANNOVESIMO
Il racconto di Hebe

Sono figlia di un cappellaio e sono nata in una casa di legno, sulla riva di un fiume, dove ancora vive mia madre. Mi sono sposata molto giovane, mio marito era meccanico, io tessitrice; abbiamo avuto tre figli, due maschi e una femminuccia nata quindici anni dopo. La nostra vita era semplice ma molto felice.

Io e mio marito avevamo frequentato poco la scuola, al contrario dei nostri figli, e non li capivamo quando ci parlavano di politica. Io li aiutavo quando mi chiedevano di ospitare qualche compagno e di non dirlo a nessuno, ma lo facevo solo perché ero una mamma molto protettiva.

Sequestrarono mio figlio Jorge l'otto febbraio 1977. Il sei dicembre dello stesso anno toccò a Raúl. Il venticinque maggio del '78 scomparve María Elena, la moglie di Jorge; sua sorella Marta era già sparita da un pezzo.

Entrai a far parte delle Madri dopo la desaparición del primo figlio. Da allora la mia vita è cambiata, io stessa sono diventata un'altra persona. Tutto quello che ho imparato, l'ho imparato lottando in piazza, insieme alle altre madri. Abbiamo condiviso la nostra maternità e io adesso mi sento madre di tutti i trentamila desaparecidos. Ho capito le ragioni dei miei figli e oggi sono fiera di essere la madre di due rivoluzionari perché io stessa sono una rivoluzionaria.

Quando hanno portato via i miei figli avevo solo quarantotto anni e mi sono sentita vecchia; oggi ne ho sessantotto ma mi sento vent'anni più giovane perché ho imparato che l'unica lotta che si perde è quella che si abbandona, e perché ho imparato a non patteggiare, a non arrendermi, a non tacere. E tutto questo me l'hanno insegnato i miei figli.

Io non li ricordo né torturati, né uccisi: li ricordo vivi! Ogni volta che mi metto il fazzoletto sento il loro abbraccio affettuoso. In Plaza de Mayo, nella nostra piazza, ogni giovedì si riproduce il vero e unico miracolo della resurrezione: noi incontriamo i nostri figli.

Noi non vogliamo le loro ossa. I nostri figli sono desaparecidos per sempre perché la desaparición forzata è un crimine contro l'umanità che non va mai in prescrizione e noi vogliamo che gli assassini paghino per quello che hanno fatto.

Noi non vogliamo tombe su cui piangere, perché non c'è tomba che possa rinchiudere un rivoluzionario. I nostri figli non sono cadaveri: sono sogni, utopia, speranza... Sono quello che furono, che pensarono, che cantarono, che scrissero, che soffrirono. Non si può seppellire tutto questo!

Noi non vogliamo rivolgerci ai tribunali di questa democrazia per riavere i nipoti rapiti. Furono considerati dai militari bottino di guerra e come tale andava ripreso... un tempo. Ora sono diventati uomini e donne e, nel caso scoprano la loro vera identità, sta a loro decidere cosa fare della loro vita.

Noi non vogliamo soldi per la vita dei desaparecidos perché la vita non ha prezzo. I miei figli mi hanno insegnato che la vita vale vita. Solamente vita. E non si può riparare con denaro quello che deve essere riparato con Giustizia.

E in Argentina non c'è Giustizia, c'è solo impunità, violenza perversa, corruzione. Menem blatera di miracolo economico ma ogni venti minuti un bambino muore di fame, ogni giorno trentasei muoiono per mancanza di assistenza sanitaria e le malattie della miseria si diffondono sempre più.

La verità è che stanno costruendo una società malata dove la gente accetta una manciata di pesos per i propri morti e gli assassini non vanno in galera. È concepibile accettare soldi dalla stessa mano che ha firmato l'indulto per i criminali? In questo Paese il capitalismo prima ti ammazza, poi ti risarcisce. Ma che cosa se ne farà poi la gente di quel denaro? Tutto quello che comprerà puzzerà di morte. So che le mie sono parole dure ma accettare il risarcimento significa prostituirsi perché così si tradiscono i nostri figli e gli ideali per cui hanno dato la vita. Così si perde il senso della lotta collettiva perché il danaro serve solo a farti diventare individualista.

Io ho iniziato a lottare per i miei figli ma oggi lotto per i desaparecidos di tutto il mondo, per i perseguitati, per chi occupa le terre, per gli operai e gli studenti. Io non voglio passare la vita a raccontare come li ammazzarono perché loro non mi hanno insegnato questo. Jorge e Raúl amavano la vita, il comunismo, l'utopia del hombre nuevo: solidale, comunitario, collettivo.

Le Madri della Linea Fundadora e le Nonne vogliono apporre delle lapidi nelle facoltà universitarie con i nomi dei desaparecidos che le frequentavano. Io ho detto che non si permettano di mettere i nomi dei miei due ragazzi: loro non sono stati sequestrati perché studiavano fisica o legge ma perché erano dei rivoluzionari.

Noi non vogliamo le liste dei morti, vogliamo le liste degli assassini. Noi non dimentichiamo, né perdoniamo e non ci interessa coltivare la cultura della morte. Accettare la morte dei nostri figli significa accettare l'impunità dei responsabili dei crimini della dittatura. Non solo. Significa anche accettare come è stata riscritta la storia della dittatura dagli scrivani della democrazia, i quali hanno riproposto quella che noi chiamiamo la teoria dei due demoni. Il primo è la guerriglia di sinistra che porta con sé il peccato originale di aver imboccato la via della violenza e aver provocato l'intervento del secondo demonio: le forze armate. In questo modo, colpevolizzando tutti, mettendo sullo stesso piano vittime e assassini, si assolvono questi ultimi. È un'enorme menzogna: la scomparsa forzata di molti fu un progetto ben preciso di annientamento dell'opposizione politica e non una semplice reazione all'esistenza di formazioni armate di sinistra.

Bugie! I governanti non sanno dire che bugie. Io ogni giovedì chiamo immondizia il presidente Menem e lui in tanti anni non è riuscito a dimostrare che non lo è. Chiamo assassino il generale Balza, capo di stato maggiore dell'esercito, e anche lui non è riuscito a dimostrare che non lo è. Noi non trattiamo con nessuno. La nostra linea è chiara. Ci hanno chiamate in tutti i modi: pazze, terroriste, comuniste. Ci odiano perché abbiamo condiviso la nostra maternità, perché viviamo in modo comunitario, perché non siamo le classiche vecchiette piegate dal dolore e dalle disillusioni. E ci odiano soprattutto perché non siamo come le altre: siamo irregolari e chiediamo alla gente di disobbedire perché senza giustizia non può esserci democrazia.

E molti, troppi uomini della democrazia sono stati compromessi con la dittatura, come il governatore Duhalde che finanzia la sua campagna elettorale per diventare presidente controllando droga, prostituzione e gioco nella provincia di Buenos Aires. Sono tre anni che cerca di farmi stare zitta. Ogni volta che lo denuncio, ricevo minacce e percosse dai suoi uomini. Ma io non ho paura anche se so che mi preferirebbe morta. Gli agenti dei servizi segreti continuano a spiarci, entrano nella casa delle madri e rubano la memoria dei nostri computer. È tutto assolutamente inutile: li conosciamo tutti, uno per uno. E quando li guardiamo negli occhi abbassano lo sguardo perché sanno che sono gli occhi dei nostri figli scomparsi a fissarli e a giudicarli.

Oggi i politici, i militari e i preti predicano la riconciliazione. Parlano di pace, amore e libertà comodamente spaparanzati tra il lusso e l'opulenza. Le loro sono solo parole vuote. Nessuno di loro parlava di pace quando uccidevano i nostri figli. In realtà quella che offrono è la pace silenziosa dei sepolcri.

Le Madri di Plaza de Mayo non accettano di vivere in questo teatrino della democrazia, dove si fa credere al popolo che il suo destino si decida alle elezioni. Le Madri non votano, nemmeno il "meno peggio". Sappiamo che la nostra voce dà fastidio ai potenti perché è la voce dei nostri figli.

Anche quest'anno molte madri sono morte. La loro vita è stata un solco seminato di ideali da cui un giorno germoglierà la speranza. Hanno salutato chi è rimasto agitando il loro fazzoletto bianco.

Mio padre era cappellaio, mia madre casalinga, mio marito meccanico e io tessitrice. La nostra era una vita semplice ma molto felice perché potevamo garantire ai nostri figli una vita dignitosa e un'istruzione adeguata. Oggi mi è rimasta solo la figlia; i due maschi, Jorge e Raúl, sono con me e mi riscaldano con il loro amore quando indosso il fazzoletto. Ogni notte mi addormento cullata da bellissimi ricordi di mamma e ogni mattina mi sveglio piena di odio per gli assassini che me li hanno portati via.

Quella notte il viaggio fu breve. Santiago parcheggiò l'autobus in una avenida illuminata dalle insegne dei locali alla moda. Una via traversa ci condusse al retro di un night dal nome francese. Come era accaduto al Tortoni, un cameriere ci aprì sorridendo e ci condusse attraverso un magazzino ingombro di bottiglie e sedie rotte, a un séparé che divideva il bar dalla sala da ballo. Uomini non più giovani danzavano al ritmo di un'insulsa musichetta americana allacciati a ragazze pesantemente truccate. Con l'indice dritto come la canna di una pistola, Santiago mi indicò un uomo seduto a un tavolo in compagnia di due venticinquenni che ridevano di gusto alle sue battute e bevevano lo champagne che il tizio versava generosamente nei lunghi calici. Seppi chi era al primo sguardo. Ciuffo biondo impertinente su una fronte alta e spaziosa, sorriso accattivante e languidi occhi azzurri: non poteva che essere "l'angelo della morte", il giovane biondo e gentile che si era infiltrato tra le Madri di Plaza de Mayo e del quale aveva parlato poche ore prima Elsa Manzotti.

«È il capitano Astiz».

«Proprio lui, l'ergastolano capitano Astiz» sottolineò l'argentino, riferendosi alla condanna in Francia per l'omicidio delle due suore. «Guarda come se la spassa quel figlio di mille puttane! Non a caso lo chiamano l'assassino cholulo: vuol dire che gli piace mostrarsi in giro con le belle donne».

«E nessuno lo prende mai a calci in culo?».

«Ogni tanto qualcuno lo riconosce e lo picchia ma lui continua imperterrito. Recentemente è stato cacciato da una discoteca di Gualeguay e così il consiglio comunale lo ha dichiarato persona non grata... ma l'Argentina è grande e piena di locali. In realtà il capitano e i suoi complici ostentano la loro presenza non solo perché la democrazia ha garantito loro l'impunità, ma anche perché vogliono continuare a intimidire la gente, a ricordare che sono sempre pronti a riprendersi il potere».

«Immagino che non si sia accontentato di ammazzare un paio di monache e qualche mamma...».

«Assolutamente no. La sua brillante carriera è costellata di successi, al punto che l'ammiraglio Massera nel '78 lo decorò ben due volte. È diventato famoso subito dopo il golpe con il suo primo sequestro, quello di una ragazzina svedese, Dagmar Hagelin, presa dopo averle sparato alle spalle. È responsabile della scomparsa di centinaia di persone, in particolare donne... sono sempre state la sua passione. Poi venne mandato a Parigi con un passaporto falso e il compito di infiltrare gli ambienti della resistenza argentina. Per premiarlo di tanta dedizione i generali durante la guerra delle Malvine gli affidarono il comando di un gruppo di temibili incursori. Si arrese senza sparare un colpo. La fotografia di Astiz, con la barba lunga e l'uniforme stazzonata, che firma la resa incondizionata è diventata il simbolo della sconfitta dell'Argentina».

«È ancora in servizio?».

«Ufficialmente no: l'ergastolano è solo un civile perché il governo francese ha preteso che venisse cacciato, ma di fatto è inquadrato nei ranghi del servizio segreto, protetto dal nuovo comandante in capo, l'ammiraglio Carlos Marron, un vecchio caro amico di Massera. Il suo diretto responsabile è il tenente di vascello Carlos Daviou, che il pentito Scilingo indica come uno degli organizzatori dei voli della morte... Insomma come tutti gli altri è ancora al suo posto. Pensa che Astiz si occupa dello spionaggio nei paesi confinanti, il che significa che continua ad avere rapporti con i vecchi amici dei servizi uruguayani e cileni».

«È proprio ben difesa la democrazia argentina» scherzai.

«C'è di peggio. Menem e il ministro della difesa intendono appoggiare la promozione del tenente colonnello Carlos Enrique Villanueva, nome di battaglia El Gato, uno dei responsabili del campo clandestino di La Perla nella provincia di Córdoba, su sollecitazione del comandante in capo dell'esercito. Villanueva nel gennaio del '78 ordinò l'omicidio del grande cantante popolare Jorge Cafrune, colpevole di aver cantato una canzone proibita. Accadde al festival di Cosquin; alla fine del concerto la gente gli chiese di cantare *Zamba de mi esperanza*, un brano messo all'indice dal regime. Cafrune lo sapeva, come sapeva di essere malvisto: la Triple A l'aveva minacciato più volte in passato. Ma decise di rischiare perché, come disse agli organizzatori: "Se me lo chiede il pubblico non posso rifiutare". Qualche giorno dopo un camion pirata lo investì mentre camminava. Villanueva aveva deciso di dare un esempio.

«Menem, ovviamente, afferma che sono tutte falsità e che l'ufficiale non è mai stato a La Perla, anzi accusa chi ha denunciato la vicenda, il giornalista Horacio Verbitsky, di essere un terrorista che si permette di giudicare la gente onesta e perbene, ma non ha fatto i conti con i sopravvissuti: quelli lo ricordano bene, El Gato».

Il capitano Astiz continuava a divertirsi alla grande e noi ce ne andammo sgusciando dalla porta di servizio.

Era la notte degli assassini, ma riuscii a convincere Santiago a imboccare un altro percorso del tour. Non me la sentivo di trascorrere la notte a spiare personaggi sinistri come "l'angelo della morte".

Fu così che entrammo nella notte degli stranieri.

Al momento del golpe si trovavano in Argentina oltre quindicimila rifugiati politici, provenienti soprattutto dagli altri paesi del Cono sur. Una patota della polizia assalì la sede di un'associazione cattolica che si occupava degli esuli e ne sequestrò gli archivi: nomi e indirizzi, tutto. Giunsero aerei carichi di squadroni della morte e fu una mattanza.

Edgardo Enriquez Espinosa, importante dirigente della resistenza cilena, venne sequestrato insieme alla sua compagna, una cittadina brasiliana, e consegnato alla polizia segreta di Pinochet. Alcuni testimoni lo videro a Santiago del Cile, poi scomparve.

Identica sorte toccò a un cittadino svizzero, esule dal Cile, il venticinquenne Alexis Vladimir Jaccard Siegler. Se lo llevaron il quindici maggio del '77 dall'hotel Bristol dove alloggiava da soli due giorni. L'ambasciata del suo paese scoprì che era stato sequestrato da un gruppo di poliziotti capeggiati dall'ispettore Julio González.

Gli squadroni della morte argentini viaggiavano molto e non solo nel Cono sur. Nel mese di luglio del 1980 un'esiliata argentina, Noemi Esther Gianetti Molfino, venne rinvenuta morta in una camera d'albergo a Madrid. Il cadavere era in avanzato stato di decomposizione e il medico legale fu propenso a credere che la causa del decesso fosse stato un infarto. Così il caso venne archiviato dalle autorità spagnole, ma non dai suoi connazionali rifugiati in Spagna, che conoscevano bene la donna e il suo impegno a fianco delle Madri di Plaza de Mayo. Gli amici cominciarono a chiedersi come mai si trovasse in Europa e non avesse avvertito nessuno del suo arrivo da Lima, dove risiedeva da quando i militari le avevano sequestrato una figlia e il genero e un tribunale della repressione legale aveva condannato un altro figlio giornalista a una lunga pena detentiva. Le perplessità si trasformarono presto in sospetti; i giornali spagnoli iniziarono a scrivere, costringendo l'ambasciata a indire una conferenza stampa per sostenere la versione delle autorità spagnole. L'iniziativa ebbe l'effetto contrario! Alimentò i sospetti che ben presto si trasformarono in certezza: la signora Molfino era stata sequestrata a Lima il dodici giugno, portata in Bolivia, poi a Buenos Aires e infine in Spagna. La magistratura spagnola riaprì il caso e una nuova autopsia scoprì tracce di curaro nel suo organismo. Lo scopo di questo macchinoso sequestro non fu mai appurato, anche se si pensa che i militari volessero usare la donna, opportunamente manipolata o ricattata, per qualche operazione di disinformazione, o per attirare in una trappola dirigenti Montoneros esiliati in Spagna».

«Non è facile far entrare una persona sequestrata in un paese europeo» commentai.

«A meno che non si abbiano rapporti con i servizi segreti locali».

«E li avevano?».

«Sì. Rapporti privilegiati. Da sempre. Pensa che un colonnello dei servizi segreti della marina spagnola, Cristóbal Gil y Gil, fu mandato alla ESMA per tre mesi, nel 1982, per documentarsi sulla metodologia della desaparición. E si appassionò al punto di aggregarsi a una patota di sequestratori...».

«Ovviamente questo signore è ancora in servizio» intervenni sarcastico.

«Al Ministero della Difesa per l'esattezza. D'altronde Perón, Isabelita e il capo della Triple A, López Rega, sono vissuti a lungo in Spagna; le loro amicizie vennero usate poi dai militari per ottenere appoggi logistici e consigli utili per investire una parte consistente del bottino. Un giudice curioso, tale Baltasar Garzon, che sta ora istruendo il processo contro i generali per la scomparsa di parecchi cittadini spagnoli, aveva il sospetto che il nuovo inquilino della casa madrilena di López Rega potesse essere il leggendario Comandante Negro, uno dei peggiori torturatori argentini, mai identificato con certezza. Herberto Gut Beltramo, questo il suo nome, un noto e importante uomo d'affari, era arrivato in Spagna subito dopo il golpe con un capitale di venticinquemila dollari che, investiti saggiamente in un'agenzia di vigilanza, gli avevano fruttato fino a quattrocento milioni di dollari l'anno. Beltramo aveva fatto sapere al giudice di essere disposto a testimoniare, ma il "destino" ha voluto che morisse in un incidente stradale qualche giorno prima dell'interrogatorio».

«Ma guarda un po'» ironizzai.

«La dittatura ha ancora molti amici in Spagna. Quando ritornò la democrazia in Argentina, i militari caricarono i loro archivi su due aerei Hercules diretti verso una Banca svizzera ma, prima di arrivare a destinazione, si fermarono in una base militare spagnola dove tutti i documenti vennero microfilmati».

«Vuoi dire che la verità sui desaparecidos è in una cassetta di sicurezza in Svizzera?» domandai esterrefatto.

«Esatto».

«Lo sai per certo o è una supposizione?».

«Anche noi abbiamo le nostre fonti e comunque c'è una giudice, Carla del Ponte, che sta investigando da diverso tempo».

«Mettere le mani su quei documenti significherebbe ricostruire le storie di tutti, vittime e carnefici» pensai a voce alta.

«E le connessioni, le complicità... in Argentina e all'estero, per esempio in Italia, dove ancora si sa troppo poco. E magari anche la verità sull'ultima pagina della dittatura, forse la più buia e terribile».

«A che cosa ti riferisci?».

«Durante la campagna elettorale per le prime elezioni democratiche, si diceva che c'erano dei desaparecidos ancora vivi. Furono gli uomini delle patotas a mettere in giro la voce perché evidentemente volevano far sapere di avere in mano ancora degli ostaggi. Una scomparsa, Cecilia Viñas, telefonò alla madre più volte e questa registrò le conversazioni per farle ascoltare al futuro presidente, Raúl Alfonsín, il quale promise se avesse vinto le elezioni di indagare... ma non se ne seppe più nulla».

«Vuoi dire che i militari continuarono ad eliminare prigionieri con la democrazia al potere?».

«Sì; probabilmente qualcosa andò storto nelle trattative oppure cambiarono idea, sta di fatto che nei primi quindici giorni del governo di Alfonsín la repressione illegale chiuse definitivamente i campi, sbarazzandosi degli ultimi ospiti».

«Deve essere stata una giornata pesante, señor» così mi accolse Inocencio.

«È iniziata presto con un funerale e non è finita meglio» mi lamentai, tirando fuori dal giaccone la fiaschetta del liquore per l'ormai consueto goccetto con il vecchio prima di ritirarmi in camera.

Il portiere si girò e prese dalla casella la chiave della stanza e un foglietto. Senza leggerlo disse: «Oggi pomeriggio ha ricevuto una telefonata, señor. Un uomo dall'accento cileno».

«Che cosa ha detto?».

«Gli riferisca che ha telefonato El Chino. Così ha detto, señor».

Era un bel po' di tempo che non sentivo qualcuno dire quel nome e se El Chino si era scomodato a cercarmi c'era una sola ragione: lei era morta. All'improvviso avevo voglia di piangere e di stare da solo.

«Preparami il conto, Inocencio» dissi con un filo di voce, «domani devo prendere un aereo per Santiago del Cile».

Camminavo sotto una pioggia torrenziale e ghiacciata, cercando inutilmente di ripararmi con un ombrello comperato a una cifra astronomica in un negozio dell'aeroporto. Ogni tanto alzavo la testa contro un vento fetente per leggere i nomi delle vie.

«Benvenuto in Cile» mi dissi quando lessi calle maresciallo Pétain. Doveva essere l'unico paese al mondo ad aver intitolato una via al collaborazionista di Vichy.

Procedevo a passo sicuro anche se non ero mai stato a Santiago. Avevo imparato a memoria, molto tempo prima, le istruzioni per arrivare a casa di El Chino. Aeroporto, taxi, bus, altro taxi, metropolitana e sei isolati a piedi.

Mi aprì la porta di persona con due bimbetti attaccati saldamente ai pantaloni. Il maschietto era una novità, la femminuccia l'avevo vista neonata a Parigi.

«Hai fatto presto» mi salutò.

«Come ben sai, mi trovavo giusto dall'altra parte delle Ande» ribattei. «Piuttosto, come hai fatto a trovarmi?».

«Un paio di telefonate. Sei sempre stato un dilettante».

«Non scappo più, Chino» mi giustificai senza motivo. «Vedo che sei rimasto il solito simpaticone» aggiunsi acido.

Mi porse un asciugamano: «Aspetta qui, porto i bambini in un'altra stanza».

Non era cambiato. L'avevo conosciuto in Francia quando era già un esule disilluso. Il soprannome era dovuto al miscuglio delle origini europee e indie scolpite sul suo volto, che gli conferivano un aspetto vagamente orientale, e al fatto che al tempo del golpe apparteneva a un gruppo extraparlamentare di stretta osservanza maoista. Era vissuto due anni in clandestinità, uscendo dai nascondigli solo per lasciare in giro qualche volantino che incitava il popolo cileno alla resistenza. L'avevano preso vicino a una fabbrica mentre attaccava uno striscione su cui era scritto "W la dittatura del proletariato" ed era finito nel campo di prigionia di Puchuncaví. Riuscì a sopravvivere e a fuggire all'estero; il partito lo spedì in Albania ad addestrarsi alla guerriglia per combattere Pinochet ma, al momento di tornare in patria, cambiò strada e si fermò a Parigi, dove divenne un brillante professore di storia. Quello che aveva visto del socialismo non gli era piaciuto, qualcosa gli si era spezzato dentro e non credeva più nella possibilità di cambiare in meglio il mondo. Aveva sepolto il dolore e la delusione della sua esperienza sotto uno strato di burbero cinismo. Gli era rimasto solo un profondo affetto per i compagni conosciuti in Cile e poi in esilio, anche se li considerava sempre degli inguaribili bambinoni romantici.

Tornò solo e disse: «Come avrai già capito, lei si è fatta ammazzare. È successo in...».

Lo bloccai con un gesto della mano: «Non voglio sapere».

«Come vuoi. Tanto non c'è stato nulla di eroico e nessuno se ne è accorto. Un'altra morte inutile con vent'anni di ritardo».

Con l'indice e il medio sforbiciai l'aria: «Dacci un taglio, Chino. Dimmi dove devo andare».

Prese una sedia e si sedette di fronte alla mia poltrona. «Ascolta. Io ti ho chiamato perché me l'aveva chiesto lei, ma tu non devi sentirti obbligato a rischiare per un capriccio».

«Non è un capriccio, sono le sue ultime volontà» ribattei.

«Sei un dilettante, ti prenderanno» insistette.

«Forse no».

Mi porse una cartina del centro della città: «Ho segnato il luogo e il percorso».

Mi alzai dirigendomi verso la porta, bofonchiando un grazie e un arriverci per la sera. «Aspetta» mi fermò, «ho un'altra cattiva notizia: hanno preso El Torito».

«Dove?» domandai senza girarmi.

«In Perù. Stava con i Tupac Amaru. Adesso è nel carcere di Challapalca nella zona di Cuzco, sul cocuzzolo di un picco andino a cinquemila metri d'altezza. Finora nessuno ne è uscito vivo, sai come sono le galere di Fujimori».

Catturato El Torito. Non ci potevo credere. Avevo sempre pensato che solo una pallottola avrebbe potuto fermarlo. Nel '73 militava nella sinistra rivoluzionaria cilena del MIR; dopo il colpo di stato aveva organizzato un gruppo guerrigliero nel sud; lui e i suoi colpirono per un po' di tempo, poi vennero individuati ed eliminati. Fu l'unico a salvarsi. In seguito combatté con la guerriglia in Guatemala, con i Sandinisti in Nicaragua e con il Fronte Farabundo Martí in Salvador. Era considerato l'ultimo grande guerrigliero internazionalista della nostra generazione. Non era un militarista né tantomeno un terrorista; andava dove lo chiamavano per combattere le dittature e difendere i contadini dagli squadroni della morte. Forte come un toro, scaltro, grande organizzatore e coraggioso come gli eroi del cinema, era sempre il primo a buttarsi nella mischia e l'ultimo a ritirarsi.

L'avevo conosciuto a Parigi e incontrato di nuovo in Messico. Di una simpatia travolgente, eravamo diventati subito amici. Poi lui era tornato nella selva, e le nostre strade si erano divise. Non lo vedevo e non avevo sue notizie da dodici anni, ma la prima cosa che mi venne in mente fu: «Dobbiamo fare qualcosa».

«E cosa? Gli troviamo un avvocato? Oppure stendiamo il testo di un bell'appello internazionale?» ironizzò sgarbato il cileno. «Non si può più far nulla per lui. Solo sperare che resista».

«E la sua organizzazione?».

«Decimata. Fujimori sta vincendo, nello stesso modo in cui

hanno vinto prima di lui Banzer, Videla, Pinochet e tutti gli altri macellai. Il loro segreto è trasformare i sogni in incubi».

«Non me la sento di rinunciare».

«Eppure è proprio quello che farai: rinunciare».

Discutere era solo tempo perso. «Vado a fare il sopralluogo» gli comunicai.

Appena arrivato in centro cercai un telefono pubblico abilitato per le chiamate internazionali. Dovevo procurarmi *Fango* la canzone di Ricky Gianco, da suonare a tutto volume davanti al palazzo della Moneda per mantenere la promessa che le avevo fatto. Telefonai direttamente all'autore. Per un'estate, il tempo di una tournée, ero stato il suo road-manager e avevamo mantenuto un buon rapporto di amicizia.

«Ciao Ricky. Mi serve una copia del tuo cd *Alla mia mam...* ma sono un po' lontanuccio».

«Lontano quanto?».

«Santiago del Cile».

«L'indirizzo?».

Prima di chiudere mi disse che l'avrebbe spedito il giorno stesso con un corriere. Uscii dalla cabina estremamente soddisfatto; era stato proprio gentile.

Gironzolai attorno al palazzo della Moneda, verificando percorsi, tempi e vie di fuga alternative, ma procedetti in modo grossolano e sostanzialmente inutile. Aveva ragione El Chino: ero un dilettante e avevo la mente altrove, nemmeno la paura riusciva a farmi concentrare per bene. I miei pensieri erano una massa confusa, divisa tra il dolore per la morte di lei e la preoccupazione per Torito. I ricordi si accavallavano; mi resi conto per la prima volta di quanto tempo era passato: le date e i luoghi si erano perduti lungo gli anni e degli avvenimenti restavano solo immagini e impressioni.

Lei e Torito si conoscevano bene; forse avevano avuto anche

una storia. Ma quando li avevo incontrati io erano già profondamente divisi dalla politica. Lui non aveva patria, ma un unico mondo per cui combattere, lei invece il mondo lo usava come base per operare in Cile. Volevo bene a entrambi ma lui non aveva le tette di lei. Ogni tanto la incontravo; recitava la sua parte di reclutatrice e io quella del rivoluzionario eternamente indeciso se oltrepassare la soglia e trasformarmi in guerrigliero.

Dalla sera prima, da quando avevo saputo della sua morte, i tratti del suo viso avevano iniziato a scontornarsi nella mia mente e chissà perché mi ritrovavo a fissare, inorridito come allora, la sua tetta guercia.

Sotto quella pioggia, il centro di Santiago era davvero deprimente. Le vetrine delle poche librerie erano occupate dal sorriso di Pinochet; la figlia aveva avuto la grande idea di scrivere l'ennesima biografia del condottiero dal titolo demenziale: *Un uomo del futuro*. Nelle vie tutto era molto yankee e molto moderno. Ovunque quei bar di cui avevo sentito parlare, con un lungo bancone a ferro di cavallo da dove si potevano ammirare le gambe delle ragazzine che servivano il caffè all'italiana.

Cominciai a provare nostalgia per Buenos Aires.

«Quando pensi di entrare in azione?» domandò El Chino.

«Non appena arriva il disco».

«E a che ora?».

«In tarda mattinata. Il tempo di svegliarmi, fare colazione, raggiungere il centro e comprare l'attrezzatura».

«Davvero un gran piano, complimenti».

Alzai le spalle: «Non me ne se sono venuti in mente altri e poi, per quello che devo fare, un'ora vale l'altra».

Il cileno mi incoraggiò dandomi il nome di un avvocato; era un vecchio amico di suo padre. «E dopo che farai? Tornerai in Argentina?».

«Penso che andrò in Perù, prima... così tanto per dare un'occhiata».

«Ancora con 'ste cazzate» era esasperato, «non è posto per te quello! Piuttosto torna a occuparti di desaparecidos... anzi, se vuoi fermarti ce se sono anche qui, millecentonovantatré per l'esattezza e, dato che le madri non sono così famose come quelle argentine, ogni settimana si beccano la loro razione di legnate dai carabineros».

Non gli domandai come faceva a sapere che cosa stavo facendo in Argentina, mi sarei infatti sentito dare del dilettante per l'ennesima volta. Mi limitai a stare zitto.

«È arrivato Edmundo» aggiunse dopo un po'.

«Edmundo?».

Mi lanciò una copia del quotidiano *La Epoca*. La prima notizia riportava la sconfitta della nazionale con la Colombia: quattro a zero. La seconda, nel taglio basso della pagina, riguardava il programma del funerale dell'ammiraglio José Toribio Merino, il numero quattro del regime militare, che si sarebbe tenuto l'indomani a Viña del Mar.

«Vuole pisciare sulla tomba di Merino?».

«Prima tenterà sulla bara» chiarì El Chino, «ormai diventa sempre più temerario. Un giorno o l'altro gli fracasseranno le ossa... So che sta andando a nord, verso il Perù, potreste fare il viaggio insieme».

«Mi sembra un'ottima idea».

«Anche a me. Due picchiatelli allo sbaraglio».

Fummo interrotti dall'arrivo di Gertrud, la moglie danese conosciuta e sposata durante l'esilio francese.

Fu contenta di rivedermi. Mi abbracciò e mi disse: «Odio questo paese».

«Anche a me non sembra un granché» confermai dispettoso.

El Chino si offese e si ritirò in cucina. In quel momento ricordai che entrambi erano i peggiori cuochi che avessi mai conosciuto e tentai di salvare la situazione offrendomi volontario. Mi oppose un netto rifiuto.

«Come mai da queste parti?» chiese lei.

«Devo andare di fronte alla Moneda con una grossa radio, alzare il volume al massimo e diffondere per tutta la piazza una canzone».

Mi scrutò per capire se stavo scherzando e scosse la testa quando capì che ero assolutamente serio. «Stai attento» disse, «i carabineros sono i bastardi di sempre».

Quella notte per la prima volta sognai il nonno. Mi faceva cenno di seguirlo mentre si inoltrava in un reticolo di stradine. Ci trovavamo in Argentina ma non a Buenos Aires. Ogni tanto si girava e mi indicava delle case. Non capivo cosa volesse dirmi... tentai di raggiungerlo... ma lui, come sempre, camminava veloce.

Tre giorni dopo riuscii a occupare Plaza Constitución con la voce di Ricky Gianco per ben quattro minuti e ad allontanarmi poi di corsa. A cento metri dalla piazza mi si affiancò un taxi. Quando vidi l'ombra dell'auto che rallentava, mi spaventai.

«Sei l'italiano?».

Riuscii solo ad annuire, il fiatone mi impediva di parlare.

«Salta dentro» mi disse il conducente, «sono un amico di El Chino».

Capitolo Ventiduesimo
Edmundo

Noleggiai una piccola utilitaria sudcoreana e ben presto raggiunsi Viña del Mar. La salma dell'ammiraglio riposava nella cappella della base navale, proprio in faccia al mare. Tutta la zona era presidiata da fanti di marina con il dito sul grilletto, certo non per tenere a bada una folla in lutto – il lungomare era assolutamente deserto – ma per proteggere i vecchi complici dell'ammiraglio defunto. Da quando il Fronte Manuel Rodriguez aveva tentato di saldare i conti con Pinochet non si sentivano più al sicuro. Dopo un controllo del passaporto e un'accurata perquisizione riuscii ad avvicinarmi quel tanto da riuscire a riconoscere, a mano a mano che scendevano dalle berline nere, Pinochet e la moglie Lucía, l'ammiraglio Busch, il generale Vega, l'ex ministro dell'interno Carlos Cáceres e il nunzio apostolico Piero Biggio. Ad accoglierli, sulla porta della chiesa, Gonzalo Duarte García de Cortazar, vescovo generale dei cappellani militari. Il governo democratico aveva limitato la propria presenza al Ministro della Difesa. Non mancava proprio nessuno.

Sentii vociare alle mie spalle. Edmundo, travestito da marinaio in congedo e con tanto di fascia nera al braccio, cercava di convincere un caporale del suo diritto di piangere e pregare per l'anima del suo vecchio superiore. Il sottufficiale continuava a ripetere che nella cappella entravano solo le persone autorizzate e che lui, di sicuro, non era tra queste.

Se ne andò fremente di indignazione. Io attesi che si allontanasse, poi lo raggiunsi.

«Davvero inquietante la longevità dei membri della giunta militare» sussurrai alle sue spalle.

Si voltò di scatto, mi riconobbe e mi abbracciò a lungo. «Che sorpresa, amigo» esclamò, «che ci fai qui?».

«Sono venuto a trovarti. El Chino mi ha detto che sei diretto a nord: mi piacerebbe fare il viaggio insieme a te».

«Dove vuoi andare?».

«In Perù. El Torito è nella galera di Challapalca, voglio annusare un po' la situazione...».

«È fottuto. Non uscirà vivo da quel cazzo di galera».

«Me lo ha già detto El Chino» ribattei risentito.

«E una volta tanto ha ragione lui. Gli sbirri peruviani sono i peggiori in questo momento».

«Voglio provarci lo stesso».

«Per me va bene, amigo. Mi fa piacere avere compagnia... Ehm, però ci sarebbe un problemino... Ho certa gente alle calcagna».

«Carabineros?».

«No. Fascisti di Patria y Libertad».

«E che cosa vogliono da te?» domandai senza nascondere la preoccupazione. L'organizzazione di estrema destra, con i servizi dell'aeronautica militare e i carabineros, aveva fatto parte del Comando Conjunto. Loro unico compito era quello di stanare ed eliminare i militanti del partito comunista.

Scoppiò a ridere: «Ho "colpito" uno dei loro capoccia giù al sud, un torturatore merdoso che stava dalle parti di Lautaro».

«Ti stanno inseguendo da duemila chilometri solo perché hai pisciato sulla tomba del loro capo?» domandai stupefatto.

«Beh, non proprio sulla tomba».

«Sulla bara».

Scosse la testa: «"Nella" bara. Una bella chiazza scura sul completo delle grandi occasioni».

«E come ci sei riuscito?».

«C'era una specie di veglia funebre; per entrare bastava fare

il saluto romano e così mi sono mescolato ai parenti che fri-
gnavano. Ho aspettato che non ci fosse nessuno e l'ho innaffiato
per benino. Ma proprio mentre stavo finendo è entrata la
vedova che si è messa a chiamare aiuto. Sono riuscito a scappare; ma da tre settimane, mi sta seguendo un pick-up con
quattro camerati. Li ho schivati per un pelo al cimitero di Ne-
grete».

«Porca puttana, Edmundo» sbottai, «non si piscia sui cadaveri».

Il viso si contorse in una smorfia cattiva: «Loro lo facevano sui
vivi. Ti sei già dimenticato come mi hanno ammazzato Gloria?».

Non me lo ero dimenticato. Erano appena sposati, diciot-
tenni o poco più. Alla notizia del golpe corsero a difendere le
fabbriche; lui sparava dalle barricate a fianco di vecchi operai,
lei si occupava dei feriti. Nella confusione della resa riuscirono
a fuggire ma li arrestarono una ventina di giorni dopo a San
Pedro. Li interrogarono insieme; a lei non domandavano mai
nulla, ma quando Edmundo non rispondeva le ficcavano la
testa in un bidone pieno di urina e di escrementi. Anche in Cile,
come in Argentina, andava di moda il submarino. Edmundo
non disse una parola e la vide morire annegata nel piscio. Allora
urlò così tanto che quando lo immersero aveva ancora la bocca
spalancata. Quel sapore gli intrise la mente, quel gusto
immondo gli rimase in bocca... per sempre.

Scontò cinque anni di prigionia, poi venne esiliato. Arrivò in
Francia dove lo conobbi. Mi raccontò la sua storia in una notte
bretone satura di sidro secco: era irrequieto e voleva ritornare
in Cile. Quando due anni dopo ci riuscì, cominciò a pisciare
metodicamente sulla tomba dei torturatori e degli assassini.
Aveva deciso di punirli a modo suo. Nemmeno dopo morti li
avrebbe perdonati per l'omicidio di Gloria.

«E allora?» mi spronò.

«Innaffia tutti i torturatori del mondo ma non farti beccare,
perché non possono permettersi di portarti in tribunale, la

gente si sbellicherebbe dalle risate. Rischi di diventare il mille-centonovantaquattresimo desaparecido cileno».

Alzò le spalle. «Lo so. Forse è meglio non viaggiare insieme; l'autostop è pericoloso, troppo tempo sul bordo della strada».

Tirai fuori dalla tasca le chiavi della macchina e le feci tintinnare: «Nessun pollice al vento, amigo».

Gli brillarono gli occhi: «Potremo partire dopo aver colpito Merino».

«Ti hanno appena spiegato che non puoi partecipare alla funzione».

«Pensavo a una visitina notturna al camposanto».

«Provaci un'altra volta, sicuramente durante i primi giorni ci sarà una sentinella».

Scosse la testa. Verso le due del mattino scavalcò il muro di cinta del cimitero, armato di un lungo piede di porco per scardinare la porta in ferro della tomba di famiglia dell'ammiraglio. Alle sei era di ritorno.

«A nord lungo la panamericana, amigo» mi disse con un'espressione soddisfatta stampata sul volto.

«Quanti punti sono un ammiraglio della giunta militare?» scherzai.

«Tanti» rispose e dormì fino a quando non entrammo nell'abitato di Chigualoco. Conosceva un ristorantino dove pare facessero una delle migliori zuppe di pesce tra Los Vilos e Coquimbo.

Il viaggio verso il Perù si rivelò molto più lento del previsto. Edmundo mi faceva deviare continuamente verso l'interno per colpire questo o quel cimitero. E quando una volta tanto lui voleva proseguire, ero io che spegnevo il motore della macchina e camminavo per ore lungo spiagge bellissime battute senza tregua dal vento e dall'oceano. Cercavo di guadagnare tempo, di rinviare il momento in cui sarei stato costretto ad ammettere che El Chino aveva ragione: era perfettamente inutile andare in

Perù, ero da tutti i punti di vista la persona meno indicata per aiutare El Torito. Rischiavo solo di cacciarmi inutilmente nei guai.

Intossicato da tante storie di morti ingiuste non riuscivo ad arrendermi all'idea che anche il mio amico morisse dopo un susseguirsi di sofferenze inaudite. La nostra generazione continuava a pagare la sconfitta a un prezzo altissimo: non riuscivamo a ottenere giustizia per i nostri caduti e non eravamo nemmeno capaci di salvare gli ultimi sognatori ancora in vita.

Fu così che mi lasciai andare e cominciai a bere.

Sognavo il nonno quasi ogni notte. A volte anche di giorno, quando crollavo sulla sabbia. Mi mostrava luoghi sconosciuti, e spesso mi redarguiva a gesti.

Davanti al cimitero di Punitaqui trovammo ad aspettarci il pick-up dei camerati. Per puro caso non si accorsero del nostro arrivo perché, avendo sbagliato strada, giungemmo alle loro spalle. Innestai la retromarcia e nascosi l'auto in una stradina sterrata.

«Hanno capito come ti muovi» ragionai, «adesso sei diventato prevedibile e quindi riusciranno a beccarti. Devi cambiare metodo».

Edmundo si grattò il mento puntuto. «Non è possibile, ho il mio stile e non intendo modificarlo... Piuttosto conviene nasconderci per qualche tempo».

«E dove?».

«In una zona dove i cimiteri non ospitano golpisti. Anche loro sono diventati prevedibili» aggiunse indicando il fuoristrada, «batteranno tutti i paesi della zona fino a stancarsi e poi se ne ritorneranno a casa».

Nel frattempo i quattro erano scesi per sgranchirsi le gambe. Avevano le facce, il fisico e il modo di fare tipici dei fascisti sudamericani. Buffoni pericolosi e spietati.

Raggiungemmo Vicuña all'ora di pranzo. Ci fermammo al Club Social, un ristorante in autentico stile coloniale dove ci servirono un bollito ricco e saporito.

«Dove siamo diretti?» domandai sorseggiando un ottimo cabernet-sauvignon.

«A Pisco Elqui, un paesino di quattrocento anime proprio in fondo a una valle lunga e stretta incassata nella precordigliera. D'estate ci sono un po' di turisti, d'inverno solo gli abitanti del luogo – occupati a distillare pisco – e un gruppetto di hippy. Li conoscerai, sono simpatici».

«È un luogo sicuro?».

«Sicurissimo. E se ci fossero problemi c'è una strada di montagna che arriva in Argentina».

Salimmo fino a Paihuano dove una donna con in testa un elmetto da minatore ci bloccò agitando una paletta col disco rosso.

«C'è stata una frana, la strada adesso è a senso alternato... Ogni sei ore» ci informò guardando l'orologio. «Tra quattro potrete salire».

Tentai di convincere Edmundo a tornare a Vicuña per visitare il museo Gabriela Mistral, premio Nobel per la letteratura, ma lui preferì fermarsi a Rivadavia per andare a trovare un tizio che lavorava la ceramica. Si chiamava Zacarias ed era un altro sopravvissuto che era andato a leccarsi le ferite lontano dalla civiltà. La casa era spoglia ma dignitosamente pulita. A me offrì del vino mentre loro si fumarono un paio di canne belle toste. Ascoltandoli chiacchierare scoprii che quella zona era il rifugio abituale del mio amico.

Entrammo a Pisco Elqui a notte fonda, tallonati dall'autista pazzo di un camion gigantesco che per tutto il tragitto aveva cercato di effettuare sorpassi impossibili. Trovammo una stanza con due letti all'hostal Don Juan e tirai mattina con la vecchia padrona che mi svelò il segreto per riconoscere un buon pisco.

Cominciò una strana vita. La mattina mi svegliavo tardi, abbastanza per vedere i campesinos abbandonare per il pranzo i filari di uva rosada pastilla, bianca italia e moscatella da cui si ricavava il liquore. Scendevo poi allo spaccio della distilleria, scambiavo due chiacchiere con la commessa, assaggiavo le varie qualità, alla fine sceglievo sempre la stessa, la "gran pisco" da quarantatré gradi, e tornavo all'albergo dove mi aspettava Edmundo per mangiare. Il pomeriggio lo accompagnavo a trovare i suoi amici hippy, arrivati nella valle di Elqui, attirati dalla diceria che le montagne della zona emanassero energie positive. Ci sedevamo vicino al camino, osservavamo in silenzio il sole che tramontava e poi bevevamo il tè, mangiando torte e biscotti cucinati con ingredienti rigorosamente naturali. Ogni tanto andavamo a Cochiguas dove erano state fondate due comunità di meditazione. Il mio amico si intratteneva a parlare con una specie di santone. Questi un giorno mi spiegò che Edmundo pisciava sulle tombe perché non era ancora riuscito a elaborare il lutto per la morte della moglie. Ricordo di aver sgranato gli occhi e di essermi complimentato per l'acutezza della sua analisi ma mi trattenni dall'essere sgarbato. A me non erano particolarmente simpatici con tutte le loro fisime ma erano brave persone, molto affezionate a Edmundo.

Standogli vicino mi ero però reso conto che la sua mente era ormai completamente devastata. La notte piangeva nel sonno; rannicchiato in posizione fetale chiamava Gloria a lungo, con una straziante vocina infantile. Anche se di giorno sembrava lucido lo sorprendevo spesso a parlare tra sé, e quello che udivo mi faceva soffrire. I suoi amici mi confidarono le loro preoccupazioni, lo vedevano peggiorare di giorno in giorno.

Una mattina al mio risveglio lo vidi già vestito, intento ad ammucchiare le sue cose nella valigia di cuoio.

«Ti ammazzeranno, Edmundo» dissi piano.

«Soffro troppo, amigo. Non ce la faccio più. Sono diventato una macchietta, la gente mi compatisce».

«Non dargliela vinta» lo scongiurai approfittando della sua lucidità momentanea.

Si sedette sul bordo del letto e scoppiò a piangere. «Dovevo parlare e salvarla. Invece ho fatto il militante tutto d'un pezzo e me l'hanno affogata».

«Hai protetto il partito, hai salvato altri compagni».

«Cazzate. Ho salvaguardato segreti che non avevano nessun valore strategico; un paio di vecchi fucili e un ciclostile, e ho salvato gente che adesso non è più nemmeno di sinistra e che se la incontrassi per strada girerebbe la testa dall'altra parte».

Non sapevo più che cosa dire per fermarlo. Mi alzai dal letto e lo abbracciai, lui mi baciò sulle guance e se ne andò.

Continuai la vita di sempre. Il pomeriggio andavo a trovare gli hippy come se ci fosse ancora Edmundo. Nessuno pronunciò mai più il suo nome, almeno in mia presenza: la comunità era già in lutto. I giorni passavano assolutamente uguali, la vita mi scivolava addosso ma non mi decidevo a partire. Anche perché una volta sceso a valle non avrei saputo che direzione prendere. L'angoscia era insostenibile come il silenzio delle montagne quando i contadini smettevano di percuotere la terra con le zappe. Iniziai a bere la mattina appena sveglio.

Avevo terminato di pranzare da una ventina di minuti e non avevo nessuna voglia di andarmene. La cameriera sedeva poco lontana con gli occhi bassi, in attesa che uscissi per terminare di rassettare la sala.

El Chino entrò e le chiese di prepararargli un tè. «Sono venuto a prenderti. Ti stai comportando in modo ridicolo» mi salutò sedendosi di fronte a me.

Mi venne in mente un altro uomo ridicolo: «Edmundo?».

«Un paio di donne hanno denunciato ai carabineros il sequestro di un uomo nel cimitero di Baquedano dalle parti di Antofagasta. Quattro uomini, un fuoristrada...».

«Si saranno divertiti un po' prima di ammazzarlo» sibilai, cercando di tenere a freno la rabbia.

«Sai come sono i ragazzi degli squadroni della morte... dei gran giocherelloni con una bella dose di fantasia malata» ribatté cinico come sempre.

«La passeranno liscia?».

Non perse tempo a rispondermi. «Ho il numero di targa» insistetti.

«Raccatta la tua roba e paga il conto. Prima di rispedirti in Argentina voglio farti conoscere due persone speciali. Sono i più grossi esperti di desaparecidos del Cile. Potresti imparare qualcosa».

«Perché?».

«Non puoi continuare a girare a vuoto, ad annaspare nell'indignazione: rischi di perderti, come è successo a Edmundo. Se vuoi fare l'impegnato devi, come si diceva una volta, individuare un terreno di lavoro e "praticarlo"» rispose in tono saccente. «E la difesa dei diritti umani è sicuramente il più adatto a te, visto che hai anche dei parenti perseguitati in Argentina. Certamente è meno pericoloso che attraversare il confine con il Perù».

«Riesci sempre a essere sgradevole».

«Sono solo realista. E poi sono stanco di andare a raccogliere i cocci delle vostre eroiche cazzate» ribatté con un tono veramente duro.

CAPITOLO VENTITREESIMO
Elías e Nelly

Tornammo a Santiago effettuando un'unica sosta in una delle rarissime aree di servizio della panamericana. El Chino mi obbligò a ingozzarmi di panini caldi farciti con carne e crema di avocado, di caffè e spremute d'arancia.

Una doccia, un cambio d'abiti e poi di nuovo in auto per raggiungere un'elegante palazzina di un vecchio quartiere residenziale.

Eravamo attesi da un uomo e da una donna. Lui era Elías Padilla Ballesteros, ex detenuto politico, ora docente di antropologia all'università di Santiago, membro del gruppo di antropologi forensi impegnati nell'identificazione dei resti dei desaparecidos ed esponente di rilievo degli organismi locali in difesa dei diritti umani. Lei era Nelly Berenger, ex perseguitata politica, ora docente universitaria e dirigente del gruppo dei Famigliari dei detenuti desaparecidos.

Suo marito si chiamava Manuel Ramirez Rosales. Il ventisette luglio del 1974 se lo llevaron dal letto di casa all'una del mattino: aveva ventidue anni, studiava all'università e militava nel Movimento de la Izquerdia Revolucionaria.

Lo portarono a Yucatan, nome in codice del centro di torture installato in un palazzo di calle Londres al numero trentotto. Nelly si precipitò là ma non ebbe il coraggio di suonare il campanello: indecisa sul da farsi, camminò su e giù fino allo sfinimento, poi tornò a casa. Ricevette poco dopo la visita del capo dei servizi segreti dell'aviazione, padre di una sua cara compagna di scuola. Ufficiosamente la informava che suo marito, accusato di essere un militante di un'organizzazione politica fuorilegge, era in mano alla DINA. Le offrì una via d'uscita, la solita: lei finse di non capire.

Per un paio di giorni tornò in calle Londres, con la speranza di poter fare qualcosa, poi venne a sapere che una coppia di contadini, che aveva varcato il portone per chiedere notizie del figlio, era stata orribilmente torturata davanti a lui per costringerlo a parlare. Riprese la strada di casa ma non vi entrò né quel giorno né mai, perché l'esercito l'aveva requisita e perché la successiva autoamnistia del '78, concessa da Pinochet, estinse anche il reato di furto.

Verso la fine di settembre la cercò un vecchio militante comunista. Le disse di aver conosciuto Manuel a villa Grimaldi, altro centro di torture, dove era stato trasferito. Le mandava a dire di non aspettarlo. Lei chiese come stava ma il vecchio abbassò lo sguardo. Furono le ultime notizie che ebbe di suo marito.

«Da allora non ho mai smesso di cercare di scoprire la verità sulla sua fine» continuò a raccontare versando un infuso di erbe, «ma so benissimo che noi famigliari non otterremo mai giustizia. Continuiamo a lottare solo per mantenere viva la memoria dei nostri cari, per infastidire gli assassini della dittatura e soprattutto per denunciare a livello internazionale il crimine contro l'umanità chiamato desaparición. Sono appena tornata dalla Turchia, dove ho condotto un'inchiesta sulla repressione illegale; la situazione è identica a quella del Cile nel '73 e dell'Argentina nel '76: non solo i curdi ma anche gli oppositori di sinistra, sequestrati dalle forze di polizia e dall'esercito, scompaiono letteralmente nel nulla. E la popolazione comincia a conoscere il terrore».

«La metodologia repressiva basata sui sequestri rischia di diffondersi nel mondo» intervenne Padilla Ballesteros, «perché è la più perfetta fabbrica di consenso mai concepita. Come ti avranno già spiegato in Argentina, la gente non difende più i suoi diritti ma scivola verso l'apatia e l'indifferenza. Fino agli anni

Sessanta la desaparición era storicamente sconosciuta. Ora si presenta come il perfezionamento di tutte le tecniche di terrorismo e sterminio mai esistite; per questo è importante che le Nazioni Unite la denuncino come il più grave crimine contro l'umanità, il delitto dei delitti, che contempla quattro reati gravissimi: sequestro, tortura, omicidio e occultamento di cadavere. Non ci sono spiegazioni da dare, né corpi e funzioni funebri. Non ci sono processi, né imputati. Solo silenzio, mistero, incertezza».

Tanta fiducia nelle Nazioni Unite mi sembrava mal riposta e cambiai discorso. «Se le persone scomparvero solo dopo il golpe, le stragi dei primi giorni e il fuggi fuggi generale» ragionai a voce alta, «significa che erano tutte impegnate nella resistenza».

«Non necessariamente» spiegò l'antropologo. «La scelta dei militari fu molto accurata e selettiva e riguardò tutti coloro che potevano avere la capacità di organizzare un'opposizione armata.

«Anche la repressione illegale venne pianificata con gran cura; pur essendo rigidamente centralizzata, affidava a ogni arma dell'esercito il compito di "occuparsi" di un solo partito o gruppo dell'opposizione. Ogni desaparecido era così gestito da ben tre squadre rigidamente distinte: la prima lo sequestrava, la seconda lo torturava e la terza lo eliminava, occultandone il cadavere. Ecco perché in Cile, a differenza dell'Argentina, quei pochi militari che si sono pentiti, non essendo a conoscenza dell'intero apparato, hanno potuto fornire solo informazioni parziali. Dei millecentonovantatré desaparecidos cileni sono stati trovati e identificati i resti di centosettanta persone.

«E i funerali ce li hanno fatti fare il sabato, all'ora di pranzo, quando non c'era nessuno per le strade» aggiunse Nelly.

La guardai. Aveva la mia età ed era rimasta vedova a diciotto anni. Anche Edmundo e Gloria si erano sposati a quell'età. «Mi sembra che qui in Sudamerica» esclamai con sincera ammirazione, «la nostra generazione abbia creduto sinceramente nella politica vissuta come un entusiasmante progetto collettivo di cambiamento: tutti i compagni ammazzati o scomparsi, di cui mi hanno raccontato le storie, erano per lo più giovanissimi eppure già sposati, con figli e un lavoro...».

«E fu il nostro tallone d'Achille» mi interruppe la donna. «Eravamo esseri umani troppo vulnerabili negli affetti e il nemico ne ha approfittato».

Alla parola affetti mi vennero in mente "lei" e Torito, due che non avevano mai deposto le armi. «Eppure qualcuno ci riprova ancora» dissi, «in Colombia, in Perù...».

«È vero» confermò Padilla Ballesteros. «In diversi paesi in cui non sono riusciti a "debellare" l'antagonismo sociale sono riusciti però a contenerlo e a spostare il terreno di scontro. I soliti cervelloni del Pentagono, quando si sono resi conto che non era possibile annientare la ribellione nelle sue forme organizzate, hanno elaborato una strategia molto efficace che combatte la guerriglia alla stregua di una malattia endemica, estirpandola dalle città e dai luoghi di produzione e relegandola nella selva, dove è più facile controllarla con l'esercito. In questo modo si crea una situazione di stallo che permette al governo, militarmente più forte, di continuare ad amministrare lo Stato. In Colombia ci sono compagni alla macchia da oltre vent'anni, che non riescono a trovare una soluzione militare, né politica. Ad esempio, in questi giorni gli squadroni della morte al soldo dei latifondisti hanno assassinato una cinquantina di contadini nella zona di Uraba e le forze rivoluzionarie hanno risposto assaltando una caserma dell'esercito colombiano. Possono continuare all'infinito...».

«In America si continua a morire di fame e, come in Chiapas, la gente si chiede se è più dignitoso crepare chiedendo la carità o con un fucile in mano» ribattei.

Continuammo a discutere, poi tornammo ad affrontare il tema dei desaparecidos. Raccontai i miei incontri con le Madri e con le Nonne in Argentina, parlai della mia sconfinata ammirazione e del rispetto per il loro coraggio, dell'amarezza per le divisioni interne così profonde, aspre e laceranti. A mano a mano che riaffioravano i ricordi annegati nel pisco sentivo salire dentro di me una nostalgia struggente: era il momento di partire. «Sono davvero felice e onorato di avervi conosciuto» dissi con grande sincerità.

«Allora torna in Europa e aiutaci a costruire una cultura dei diritti umani» intervenne Elías, offrendomi un suo libro sul tema. «È la nostra unica possibilità di ristabilire la verità e la giustizia».

Non ero affatto convinto della validità della sua tesi ma non dissi nulla perché mi sembrava ingiusto mettermi a discutere con chi dedicava tutta la vita alla tragedia dei desaparecidos.

Nelly Berenger mi abbracciò sulla porta. «Io continuerò a lottare per scoprire la verità sulla fine di mio marito» sussurrò, «non riuscirò a ottenere giustizia, ma non per questo smetterò di perseguire con tutti i mezzi i criminali della dittatura. Non dimentico e non perdono. Aveva appena ventidue anni quando mi mandò a dire di non aspettarlo. Io ne avevo diciotto e non ho mai smesso di amarlo».

«Non hai detto una parola» dissi a El Chino mentre scendevamo con l'ascensore.

«Perché non c'è nulla da dire e nulla da fare. Diciassette anni di dittatura hanno trasformato questo Paese in una landa desolata. Dall'esilio siamo tornati in pochi, scontenti, e ci siamo ritrovati a vivere in una democrazia dove Pinochet è ancora capo dell'esercito e tra non molto diventerà senatore a vita, dove è in vigore la pena di morte, il divorzio non è legale, l'aborto e l'uso della cosiddetta pillola del giorno dopo sono reati penali puniti con la reclusione... Dobbiamo rassegnarci all'idea che il Cile ormai è di questa gente: se lo sono costruito su misura, torturando e ammazzando».

Andammo direttamente all'aeroporto; El Chino mi aveva prenotato un posto per Buenos Aires. «Prima di Natale i Tupac Amaru tenteranno di liberare i loro prigionieri. El Torito è uno di loro» mi confidò all'improvviso.

«Mi avevi detto che l'organizzazione era stata decimata...».

«E lo confermo. Ben pochi sono rimasti liberi e Fujimori sta costringendoli a uscire allo scoperto ammazzando i loro compagni prigionieri».

«Pensi che ce la faranno?».

«No. Sarà la solita banda di sognatori che impugna le armi perché non sopporta la tirannia e la fame. Tenteranno qualche azione disperata e saranno tutti ammazzati perché in questo mondo chi rischia la vita per salvare dei prigionieri è solo un romantico dilettante. Gli altri invece sono dei professionisti della ferocia. È tutta qui la differenza tra vincitori e perdenti».

CAPITOLO VENTIQUATTRESIMO
Victor Hugo

C ome è andata in Cile, señor?» domandò Inocencio, dopo avermi stretto la mano e confidato che la mia camera era sempre libera.

«Non ci tornerò più» fu la risposta.

Da sotto il banco prese due bicchieri e una bottiglia di pessimo whisky argentino: «... Per festeggiare il suo ritorno, señor».

Anche se nella tasca del giaccone avevo una mezza bottiglia di cognac comprato al duty free dell'aeroporto, non rifiutai il suo invito. Sapevo quanto costavano i liquori in Argentina.

Mi svegliai molte ore dopo con la bocca impastata e una forte acidità di stomaco; chiamai il portiere e gli chiesi il favore di ordinarmi una pizza.

Mentre ingoiavo come una medicina il primo boccone di una quattro stagioni, doppia "muzzarella", ricordai di aver sognato il nonno. Camminava sotto i portici di via San Francesco a Padova, nei pressi del suo panificio. Io, come al solito, lo seguivo a fatica. A un tratto lui si era voltato e mi aveva fatto segno di raggiungerlo. Quando mi ero avvicinato aveva detto: «Torna a casa». Poi aveva allungato il passo ed era scomparso in un vicolo.

Non aveva tutti i torti: il mio viaggio era ormai terminato. Dovevo tornare in Italia e cercare di ricostruire la mia vita partendo da quel rinnovato senso di appartenenza alla mia generazione e alla sua tragedia sudamericana. Mi sentivo infatti indissolubilmente legato a vicende e persone che mi obbligavano a "esigere Giustizia", proprio nel momento in cui avevo scelto di vivere per sempre defilato nel dorato rifugio di un'isola e di un amore importante. Non sarebbe stato facile incastrare quei nuovi affetti, e quei nuovi odii, nel passato e nel presente della mia vita, ma non avevo nulla di cui pentirmi: attraversare avenida Corrientes e sfidare il destino era stata una mia scelta consapevole.

«Torno a casa» annunciai al vecchio tucumano, «il tempo di salutare qualcuno e salirò sul primo aereo».

Il portiere si agitò nervosamente nella giacca con gli alamari: «Di già, señor? Beh, deve salutare Santiago, poi sua zia Estela... e non ha ancora conosciuto il resto dei suoi parenti... Potrebbe andare domani a La Plata... È domenica e certamente tutta la famiglia si riunirà...».

Lo afferrai dolcemente per le spalle. «Che succede, Inocencio?».

Mi guardò un po' spaurito. «Le devo chiedere un favore, señor, e speravo di avere più tempo...».

«Chiedimi quello che vuoi» lo incoraggiai. «Per me sarà solo un piacere...».

«D'accordo» acconsentì, «ma adesso vada, tra qualche minuto passerà l'autobus».

«Come è andata in Cile?» chiese Santiago, formulando la stessa domanda del portiere.

«Non ci tornerò più» risposi ancora una volta.

«Non hai voglia di parlarne?».

«No. Sono venuto a salutarti, ho deciso di ritornare in Italia».

«Hai trovato il tuo autobus?».

Scossi il capo: «Non ancora... me ne vado perché ho paura di rimanere spezzato in due: un pezzo in Europa, l'altro in Argentina» dissi, in tono involontariamente pedante.

Sbuffò. «Non ho voglia di ascoltare cazzatine esistenziali, hombre... E non farmi pensare che l'Horror Tour ti è stato del tutto inutile...».

«Scusa, hai ragione» mi affrettai a interromperlo.

«Così va meglio» disse, segnalando con la freccia l'intenzione di immettersi nel traffico di Corrientes. «Questa sera ti farò conoscere una grande signora argentina».

Un quarto d'ora dopo facevamo il nostro ingresso, per la solita porta secondaria, nella platea del Teatro Alvear. Il famoso cantante Chango Farias Gomez, accompagnato dal suo gruppo, stava cantando *Chacarera de un triste*. Di seguito eseguì *Alfonsina y el mar* e *Canto a la telesita*. Quando si accesero le luci per l'intervallo, Santiago si diresse verso il centro della sala. Mi indicò, seduta in un palco sulla destra, una donna imponente, dalla pelle color rame e dai tratti fieramente americani: «Mercedes Sosa» la presentò, «la voce d'Argentina». E si mise ad applaudire gridando: «Grande Mercedes... Grande Negra». Il pubblico cominciò a guardare verso l'alto e, a mano a mano che la riconosceva, balzava in piedi a battere le mani. All'inizio, si schermì un po' imbarazzata perché non era lei l'artista che si esibiva quella sera, ma alla fine fu costretta ad alzarsi e a ringraziare. Lo stesso Gomez le dedicò una canzone.

Ce ne andammo senza aspettare la fine del concerto.

«È la mia cantante preferita» spiegò.

«Lo sospettavo. Hai messo in subbuglio un intero teatro per renderle omaggio» ridacchiai.

«Volevo che tu la vedessi in un teatro applaudita come alla fine di un suo concerto» spiegò ancora mentre tirava fuori dalla giacca di pelle un pacchetto. «Sono alcuni cd di Sosa» aggiunse, «ascoltali quando l'Argentina ti sembrerà troppo lontana».

Inocencio era visibilmente nervoso. «Temo che risponda di no alla mia richiesta» disse. Per tranquillizzarlo fu necessario quasi metà del mio cognac. Alla fine si decise. «Sono vecchio, señor e non ho più nessuno. Vorrei affidarle la memoria di mio figlio. Come tutti i desaparecidos, Victor Hugo non è né vivo, né morto... vaga smarrito domandando perché... il giorno in cui ritroverà la strada avrà bisogno di qualcuno che gli ricordi chi era».

«Ne sono onorato, Inocencio».

Lui prese le mie mani tra le sue. «Victor Hugo nacque poco dopo l'alba del secondo giorno di aprile del 1958. Io ero già al lavoro nei campi» iniziò a raccontare, «sua madre si chiamava Analía ed era la terza di cinque sorelle, famose in tutta la provincia di Tucumán per la loro bellezza...».

L'indomani mattina, raggiunsi La Plata in autobus. Poi in taxi fino alla calle seicentoventuno. Mi aprì Estela circondata dai suoi nove nipotini. Conobbi Guido, il capofamiglia, molto somigliante a un fratello di mio padre, e Claudia Susana, Guido Miguel con la moglie nicaraguense, e infine Remo. Erano tutti in agitazione per il derby tra le due squadre della città e in casa non ci fu pace fino a quando la partita non terminò. Poi, finalmente, ci sedemmo a tavola. Parlammo dell'Italia e dell'Argentina, dei tempi buoni e di quelli cattivi. Guido Miguel era incerto se ritornare in Nicaragua o tentare di riaprire la fabbrica di vernici del padre. Remo mi parlò del tango e mi regalò una cassetta di Adriana Varela. Estela, a un certo punto, ricordò Laura e il decimo nipote "ancora assente". Io parlai a lungo della mia famiglia. Estela volle sapere com'era mia madre. «È una donna nata sulla riva del mare» risposi, «che si commuove alla partenza delle navi al tramonto ma che ha sempre difeso i suoi figli con grande coraggio» e raccontai di quella volta che aveva fatto arrossire di vergogna un'intera Corte d'Assise. Venne il momento di ripartire per Buenos Aires con l'ultimo autobus. Sull'uscio il vecchio Guido mi disse in spagnolo una frase tipica dei Carlotto. «Torna quando vuoi. Qui troverai sempre degli amici».

«Allora, señor, ha conosciuto i suoi parenti?».

«Sì, Inocencio. È stata una bellissima giornata».

«Partirà domani mattina, vero?».

«Sì».

«Allora dobbiamo salutarci adesso. Domani il mio turno è di pomeriggio».

Gli misi tra le mani un libro. Era *Ai soli distanti* di Stefano Tassinari. «Lo so che non leggi la mia lingua ma è la cosa più cara che ho portato con me in questo viaggio. L'ha scritto un mio amico e c'è la sua dedica... vorrei che tu lo accettassi come ricordo del nostro incontro».

Il vecchio passò delicatamente la mano sulla copertina. «Grazie, señor. Se lei permette, ora vorrei abbracciarla».

CAPITOLO VENTICINQUESIMO
Ritorno nell'isola

I Carlotto d'Italia hanno un gusto particolare per il racconto. Di fatto continuano a coltivare l'antica tradizione contadina del "filò" quando, le notti d'inverno, le famiglie si riunivano nel calore delle stalle e parlavano e ascoltavano, gli uomini fumando, le donne occupate in piccoli lavori di cucito.

Oggi, la mia famiglia si riunisce intorno a tavole sapientemente imbandite. Il mio racconto del viaggio in Sudamerica occupò un pranzo e due cene. Come un viaggiatore ottocentesco descrissi luoghi e persone, stimolato da una serie infinita di domande; tutti rimasero sorpresi nello scoprire di avere lontani parenti al di là dell'oceano, e sinceramente addolorati e indignati per la persecuzione che avevano dovuto patire durante la dittatura.

Da quel momento la storia dei Carlotto d'Argentina è entrata a far parte della nostra memoria familiare. Mio padre, alla fine del racconto, usando la stessa espressione di Guido quando mi aveva salutato, disse che avrebbero sempre potuto contare su di noi.

Da parte mia non pensavo e non parlavo d'altro. Ben presto mi accorsi però che la gente sapeva ben poco sui desaparecidos argentini oppure aveva dimenticato, seppellendo il ricordo sotto il cumulo di altre vittime di guerre e genocidi più recenti, mentre invece stampa e televisione riprendevano a trattare l'argomento. L'occasione era il processo, ma dietro c'era l'instancabile lavoro di un manipolo di volenterosi, italiani e argentini, affettuosamente sostenuti da alcuni giornalisti, che da vent'anni non avevano mai smesso di denunciare i crimini della dittatura. Feltrinelli pubblicò *Il volo* di Horacio Verbitsky: l'agghiacciante confessione del capitano della marina Adolfo Scilingo sui voli della morte. Madri e Nonne tornarono in Italia per incontrare la gente, per ricordare e per denunciare. Dal profondo dell'oblio riemerse il caso dell'ex nunzio apostolico Pio Laghi, oggi responsabile vaticano per l'educazione giovanile e personaggio molto vicino al Santo Padre. Anche gli artisti iniziarono a sentire l'Argentina dei desaparecidos: canzoni, testi teatrali, versi... Una mattina il postino mi portò un cd dal titolo *Lettere dal fronte interno*; ascoltai la voce di Stefano Tassinari, accompagnato da alcuni tra i migliori musicisti italiani, leggere *A passo d'ombra*, una prosa poetica dedicata a uno dei tanti italiani scomparsi. A mia volta infilai il disco in una busta diretta in Argentina. "Dovrebbe essere letta un giovedì, durante la marcia a Plaza de Mayo" scrissi a Estela.

Mi unii a questo faticoso fiorire di iniziative; scrissi anche una lettera aperta al Ministro di Grazia e Giustizia, pubblicata dal *Manifesto*, sulla necessità di celebrare al più presto il processo ai militari.

Conobbi diversi argentini. Sopravvissuti, esuli e fuggiaschi, ora falegnami o artisti, con il cuore in Argentina e la vita in Italia. «Non diventare come noi, la nostalgia ti consuma come una candela» mi ammonì una pittrice piccola e delicata.

La quotidianità e gli affetti iniziarono giustamente a pretendere attenzioni sempre maggiori e dovetti tornare nell'isola. Non fu facile. Il mare, anche se di rara bellezza, non era oceano e sulla terra i miei occhi incontravano ostacoli e non più la libera vastità dello spazio sudamericano. Ma, in realtà, non potevo aver scelto luogo più vicino all'Argentina che avevo conosciuto. Le vicende dei desaparecidos di origine sarda erano entrate a far parte della memoria dell'isola, e le istanze di giustizia dei famigliari erano state assunte anche dalle amministrazioni comunali e regionali che avevano deciso di costituirsi parte civile al processo: i sardi non volevano dimenticare, né perdonare. Giornali e televisioni locali informarono come in nessun'altra regione italiana e tutti conobbero la storia di Mario Marras e Martino Mastinu, nati a Tresnuraghes. Mastinu era un dirigente sindacale dei cantieri navali Astillero Astarsa nella città di Tigre; sospettato di simpatizzare per i Montoneros era stato licenziato, arrestato e torturato. Successivamente rilasciato si era rifugiato nell'isolotto di Paracaibi lungo il fiume Paraná, nel podere di un altro compaesano. Il ventidue maggio del 1976, ricevette la visita della moglie e di altri parenti. Poco dopo arrivarono anche i militari. Uccisero a raffiche di mitra il cognato Mario Marras e arrestarono Rosa, la moglie di Martino, che venne selvaggiamente torturata. Il sindacalista era riuscito a salvarsi ma la sua fuga durò solo fino al sette luglio, quando una patota sequestrò sua sorella Santina, vedova di Marras, e la seviziò fino a quando non acconsentì ad accompagnarli al suo rifugio. Lo sorpresero nell'abitazione di un'altra famiglia di emigrati di Tresnuraghes e da allora scomparve. Sua madre Maria Manca si unì alle altre di Plaza de Mayo e scoprì la verità, arrivando a identificare tutti i responsabili dei sequestri, delle torture e degli omicidi.

Dalla memoria piagata dei sopravvissuti emersero altri nomi di desaparecidos di origine sarda fino ad allora sconosciuti e sui quali si iniziò a investigare, coinvolgendo la comunità degli emigrati in Argentina, per scoprire la verità sulla fine di Giuseppe Chisu di Orosei, sequestrato nella cittadina di Palomar nel luglio del '76, di Vittorio e Anna Maria Perdighe originari di Samugheo, e di Mario e Francesco Zidda, il primo assassinato a Pacheco nel '74 e l'altro, operaio della Fiat, scomparso nel giugno del '77.

Nel frattempo dentro di me cresceva l'ansia per la sorte di Torito. Non perdevo mai il primo giornale radio del mattino e l'ultimo telegiornale della sera. Ma dal Perù giungevano solo notizie di nuovi arresti e di nuove uccisioni di oppositori; la parola liberazione non veniva mai pronunciata.

Il nonno visitava quasi ogni notte i miei sogni, continuando a portarmi in visita a una misteriosa città argentina.

Tra la posta mi capitava sovente di trovare spesse buste di carta gialla, affrancate con francobolli argentini. Contenevano solo fotografie, tutte con lo stesso soggetto: case, il cui portone e numero civico erano sempre perfettamente a fuoco. Era Santiago che aveva scelto quel modo per continuare a farmi viaggiare lungo il percorso dell'Horror Tour. Fissavo per ore le fotografie cercando di immaginare chi fosse uscito da quelle case bendato e ammanettato.

Ogni tanto ricevevo una lettera di Estela; era sempre molto affettuosa e si scusava di non avere il tempo per scrivere più spesso. Un giorno arrivò un ritaglio del quotidiano *Pagina 12*. In alto, il volto bello e fiero di Laura Carlotto e sotto, per ricordare l'anniversario del suo assassinio, le parole di una canzone che avevo spedito a Estela qualche tempo prima. Composta da amici musicisti sardi, i Superpartes, *Illegal rap* dedicava una strofa alla storia di mia cugina.

Dai vari ritagli che accompagnavano ogni lettera, potevo seguire l'attività delle Nonne. Dopo vent'anni continuava a essere frenetica, attenta a ogni aspetto della società argentina e implacabile nei confronti dei militari. Una grande foto su un giornale sportivo le ritraeva, con i loro fazzoletti bianchi ben annodati sulla testa, mentre si esibivano in una allegra ola allo stadio. Erano riuscite a colpire l'attenzione del mondo dello sport argentino che aveva deciso di festeggiarle e di schierarsi al loro fianco.

"Grande Estela" pensai con ammirazione osservando un'altra foto che la mostrava tranquillamente accomodata su un divano in compagnia di Hillary Clinton.

La maestrina della sterminata provincia argentina era riuscita a ottenere un incontro privato con la First Lady, in occasione di una sua visita a Buenos Aires. Il protocollo prevedeva quindici minuti, ma Estela era riuscita a strapparne altri cinque.

"Quando le ho consegnato il dossier con le fotografie dei nostri nipoti scomparsi, la signora Clinton si è commossa" mi aveva scritto. "Speriamo che adesso ci aiuti".

Non sempre il tono delle lettere era battagliero e speranzoso. Fu particolarmente triste quando mi annunciò la fine delle ricerche di un bambino che le Nonne pensavano fosse nato in un campo clandestino da una detenuta catturata incinta nella città di Bahía Blanca nel 1976. Ventuno anni dopo, le confessioni del generale Acdel Vilas avevano spazzato via ogni illusione: il parto non era mai avvenuto in quanto la prigioniera era stata immediatamente eliminata.

Alla fine, Estela dedicava sempre un paio di righe al desiderio di incontrarci nuovamente. Di solito scriveva "Ci rivedremo in Italia, quando io e Guido verremo convocati per testimoniare al processo".

Poi arrivò il diciassette dicembre. Quattordici guerriglieri, guidati da Nestor Cerpa Cartolini, uno degli ultimi dirigenti ancora in vita e in libertà del movimento Tupac Amaru, occuparono la residenza dell'ambasciatore giapponese a Lima.

«Sono il comandante Evaristo» si presentò, e alle televisioni di tutto il mondo comunicò: «Chiediamo la liberazione di tutti i prigionieri politici». Parlava in modo chiaro e gentile, affiancato da ragazzi e ragazze che cercavano di non mostrare l'impaccio con cui impugnavano le armi e indossavano divise nuove di zecca.

"Sono fottuti" pensai, ma iniziai a seguire disperatamente la trattativa. Ogni tanto mi scoprivo a sognare a occhi aperti: vedevo El Torito che usciva dal lager di Challapalca e mostrava fiero il pugno chiuso alle telecamere.

Il ventinove gennaio morì Osvaldo Soriano. Frugando tristemente in un cassetto dove conservavo gli articoli che aveva scritto per il *Manifesto*, mi capitò tra le mani un ritaglio che non ricordavo di aver letto; si intitolava: *Ricordando con odio*, pubblicato il giorno del ventesimo anniversario del colpo di stato. Per Soriano la dittatura argentina era stata il male assoluto, non si poteva né dimenticare né perdonare. "Continuano a sembrarmi imperdonabili i dialoghi e i flirt con il potere di allora. I pranzi di intellettuali – i Sábato, i Borges, i Bioy Casares – con il generale Videla. La strategia della riverenza, l'ammiccamento, la pacca sulla spalla. Era meglio prendere una strada sbagliata contro la dittatura che avere ragione obbedendole".

Era tutta lì, in quell'ultima frase, la storia della ribellione argentina.

L'occupazione della residenza dell'ambasciatore giapponese era già diventata un record nella storia dei sequestri di ostaggi quando ricevetti una telefonata di El Chino. «Sono a Parigi».

Attraversai il confine a Bonifacio e via Marsiglia giunsi nella capitale in meno di ventiquattro ore. La stessa brasserie di quindici anni prima, raggiunta con le stesse precauzioni: era più forte di me, non riuscivo a smettere di comportarmi come un fuggiasco.

«Sono qui di passaggio...» attaccò il cileno.

«Non è vero» lo interruppi.

«Sono qui di passaggio» ripeté pazientemente. «E ti ho chiamato per parlarti della situazione di Torito. So quanto gli vuoi bene e penso sia giusto prepararti al peggio».

«Ti ringrazio, ma forse questa volta ti sbagli. Fujimori è nella merda» ribattei con foga, «ormai è costretto a trattare e Cuba si è resa disponibile ad accogliere i compagni».

Scosse la testa deluso: «Sei male informato: l'offerta vale solo per i membri del commando e loro non se ne andranno senza tutti e quattrocento i prigionieri. Ed è proprio questa forzata intransigenza che li ucciderà. D'altronde Evaristo è un guerrigliero che conosce meglio le poesie di Javier Heraud delle armi. Non è un assassino e non è mai stato sfiorato dall'idea di usare violenza agli ostaggi. Questo l'hanno capito tutti; anche quel megalomane di Fujimori che sta abilmente trasformando la crisi in un futuro successo personale. È lui ad avere l'appoggio del Fondo Monetario Internazionale, non Cerpa Cartolini».

«Come pensi che andrà a finire?».

«Come ti avevo preannunciato in Cile: li ammazzeranno tutti e Torito rimarrà a marcire in galera. I corpi speciali di mezzo mondo si sono offerti di esercitarsi al tiro a segno su quei ragazzi. Non capita tutti i giorni di avere a che fare con sequestratori che non incutono paura nemmeno agli ostaggi».

Gli afferrai il polso; lo conoscevo troppo bene per sapere che non stava parlando a vanvera. «La tua certezza non deriva solo dalle tue brillanti analisi politiche, vero?».

«Se mi stai chiedendo se sono a conoscenza di informazioni di altro tipo, la risposta è sì» rispose in tono saccente.

Mollai la presa «Ad esempio?».

«Per esempio... ho saputo che una fabbrica di armi belga ha pagato una tangente a diversi generali peruviani perché le teste di cuoio possano collaudare sul "campo" – ovvero durante il blitz – il prototipo di un nuovo fucile d'assalto, progettato appositamente per questo tipo di operazioni».

«Non mi sembra granché come informazione».

«Fammi finire... I generali hanno intascato i soldi una settimana dopo l'occupazione, il che significa che il governo peruviano non ha mai avuto intenzione di trattare. Tienilo a mente per la prossima eroica fesseria...».

«Perché sei tornato a Parigi?» domandai, cambiando discorso.

«Altri cocci da raccogliere» sbuffò, acido come sempre.

Come aveva previsto El Chino, il centoventiseiesimo giorno le teste di cuoio sbucarono come topi da gallerie scavate sotto il palazzo e ficcarono trentadue proiettili nel cranio del comandante Evaristo mentre stava giocando a calcetto con i suoi prigionieri. Uccisero tutti i guerriglieri. Anche quelli che avevano alzato le mani. Morì un solo ostaggio: un avversario politico del Presidente colpito, incidentalmente, dai liberatori.

Era un giorno di fine aprile e io stavo lavorando nel mio studio inondato da un bel sole caldo. «Hanno appena dato la notizia alla televisione» disse una voce amica al telefono. Appoggiai la guancia sul piano della scrivania e attesi che il giorno se ne andasse.

La settimana seguente venne a trovarmi Maurizio Camardi, un amico musicista. «Sono venuto a farti compagnia... Tu ed io siamo troppo tristi per come è finita a Lima».

Accesi il caminetto mentre lui apriva la custodia del sassofono e lo montava con cura. Poi suonò una struggente milonga.

«È un brano del mio prossimo cd. Voglio farne una canzone. Tu sei appena tornato dall'Argentina ed è ritornato il momento di parlare del Sudamerica...».

«Bella idea» approvai «A chi pensavi di farla cantare?».

«A Ricky Gianco».

Ripensai a quei quattro minuti davanti al palazzo della Moneda. «Ottima scelta».

Comporre i versi mi costrinse a rivivere tutte le esperienze del viaggio e a scrutare me stesso nel profondo. Mi fece bene e riuscii a recuperare un po' di serenità che mi aiutò poi ad accettare la sorte di Torito.

Il telefono squillò nuovamente nel cuore della notte. Capii subito che si trattava di El Chino. «Brutte notizie» esordì, «il nostro amico è stato trasferito da Challapalca. La destinazione doveva essere il carcere di Canto Grande, ma non ci è mai arrivato».

«Che cosa può essere successo?» domandai stupidamente.

Il cileno sospirò. «Aggiungi pure il suo nome alla lista dei tuoi desaparecidos. Fujimori ha cominciato a fare pulizia».

Non riuscii a dire nulla. «Ho bisogno di vederti» aggiunse, «devi tornare a Parigi».

«Perché?».

«Te lo spiegherò a voce».

«Accennami qualcosa che mi convinca, Chino. Sinceramente non muoio dalla voglia di rivederti».

Reagì con cattiveria: «Cocci da raccattare, mio caro! E una volta tanto tocca a te: riguardano El Torito».

CAPITOLO VENTISEIESIMO
Roque

Ci incontrammo nel ristorante di un grande magazzino. Il cileno andò subito al dunque: «El Torito aveva un figlio» annunciò.

Alzai la testa dal piatto. «Racconta» lo incitai incuriosito.

«Ai tempi della campagna del Nicaragua si era innamorato di Nélida, una rivoluzionaria venezuelana. Lei era rimasta incinta durante i festeggiamenti della vittoria nel luglio del '79, ma aveva partorito in Salvador, dove i due si erano trasferiti per partecipare al tentativo insurrezionale del 1980. La strategia guerrigliera si rivelò un fallimento e l'esercito lanciò una grande controffensiva che costrinse Torito e Nélida a rimandare il neonato in Nicaragua per affidarlo alle cure della rivoluzione sandinista. Ma la rivoluzione aveva fame e il bambino all'età di un anno venne adottato da una coppia di cooperanti francesi che avevano trascorso le vacanze in Nicaragua ad aiutare i campesinos a raccogliere il caffè. Non potevano avere figli e accettarono con entusiasmo di tornare a casa con un bel pupo. Ora ha diciassette anni e dopo la scomparsa di Torito è arrivato il momento di mettere un po' di ordine nella sua vita...».

«E la madre?» lo interruppi. Era solo una delle tante domande che continuavano ad accavallarsi nella mia mente.

«Ha lasciato Torito e il Salvador nel 1982. Ha girato il mondo ma da poco è tornata in Venezuela con un marito brasiliano e una figlia di dodici anni».

«E non è interessata a rivedere il primogenito?».

«Sì. Ma non è così facile. Innanzi tutto perché lei vive sotto falso nome: la sua fotografia è appesa alle pareti di tutte le stazioni di polizia del Sudamerica, e il ragazzo, come i suoi genitori adottivi, è all'oscuro di tutto. All'epoca era stato detto loro che il bambino era un orfano di guerra».

«Perché?».

«Motivi di sicurezza. Lo sai anche tu... a quei tempi si compartimentava tutto».

«E io che cosa c'entro?» domandai. L'avevo già capito ma speravo di sbagliarmi.

«Andrai dal figlio di Torito, gli racconterai dei suoi veri genitori e se è interessato lo metterai in contatto con la madre».

«Perché adesso?».

«Torito non voleva che suo figlio scoprisse di avere un padre in galera».

«E perché proprio io?».

«Conosci le Nonne argentine e la loro esperienza nel ricostruire l'identità di ragazzi che hanno perduto il contatto con la propria famiglia».

«Non sono affatto un esperto, Chino. Anzi, sono la persona meno adatta».

«Perché vuoi tirarti indietro?» domandò e poi aggiunse con un duro tono di rimprovero. «Proprio tu che blateri sempre sull'importanza di non disperdere il patrimonio della nostra generazione... Non ti sembra che un figlio concepito tra una rivoluzione e un'insurrezione ne faccia parte a pieno titolo?».

Alzai le mani in segno di resa. Anche quella volta aveva ragione: «Lo farò».

«Roque – così si chiama – parla perfettamente lo spagnolo» mi informò, tornando a un tono discorsivo, «la coppia che lo ha adottato non gli ha mai nascosto che era nato in Centroamerica da altri genitori e gli hanno insegnato la sua lingua e la storia del suo paese fin da piccolo, per non separarlo totalmente dalle sue origini».

«Sembra brava gente» commentai.

«Lo sono. Vedrai che ti aiuteranno».

Trascorremmo ancora una ventina di minuti insieme; il tempo necessario perché El Chino mi fornisse tutte le informazioni necessarie.

Alla fine si alzò. «Non mettergli in testa idee da sognatore» mi ammonì. «È una specie in via di estinzione».

La sera stessa montai su un treno diretto a Nancy. Trascorsi la notte e buona parte del giorno in una pensione dalle parti della stazione; verso le cinque del pomeriggio chiamai un taxi: era arrivato il momento di conoscere il figlio di Torito.

La macchina si fermò davanti a una villetta anteguerra ristrutturata con gusto e con un piccolo giardino coltivato a rose. Mi aprì un uomo sulla cinquantina che mi accompagnò in un salotto dove ci attendeva la moglie, appena più giovane. Roque non era in casa; sarebbe tornato più tardi, alla fine dell'allenamento di hockey.

Mi chiesero subito di chiarire le mie intenzioni. Pur essendo perfettamente d'accordo che il ragazzo venisse informato sull'identità e sulla storia dei genitori naturali, erano ovviamente preoccupati delle sue reazioni.

«Sono preoccupato anch'io» dissi, osservando un ritratto a olio di Che Guevara, probabile ricordo di un viaggio a Cuba. «Sono venuto qui per far sapere a Roque che ha la possibilità di conoscere una parte importante della sua vita. Sta a lui decidere se ne ha voglia. E quando. In questi casi, così delicati, non si può che procedere per piccoli passi e non ho intenzione di dire o fare nulla senza prima consultarvi».

Le mie parole li tranquillizzarono e mi parlarono a lungo del ragazzo. Entrambi insegnanti di liceo, ex sessantottini non pentiti, lo avevano allevato con grande amore e dopo un po' mi confessarono di essere terrorizzati dall'idea, irrazionale in realtà, di perderlo. Li tranquillizzai nuovamente raccontando la scomparsa di Torito e la situazione di fuggiasca della madre.

Suonò il campanello e nella stanza irruppe un ragazzino non

molto alto ma robusto e con gli stessi lineamenti scuri e fieri del mio amico. I genitori ci presentarono e poi gli spiegarono chi ero e il motivo della mia visita.

«Potrei invitarti a cena fuori» proposi. Lui guardò la coppia che lo incoraggiò sorridendogli.

Io pensavo a un ristorante e invece ci sedemmo al tavolo di un MacDonald. Entrambi eravamo tesi e ci scaricammo discutendo animatamente di hamburger e di musica.

«Noi vecchi amici di tuo padre pensiamo sia giusto che tu sappia la verità sulla tua identità, sui tuoi veri genitori, sulle ragioni che li hanno spinti ad abbandonarti... se sei d'accordo te ne posso parlare» saggiai il terreno.

Fece cenno di sì, senza guardarmi e senza smettere di addentare il suo doppio cheeseburger.

«Tuo padre è un comunista cileno, tua madre un'anarchica venezuelana. Si sono conosciuti e amati nel '78 mentre combattevano con la guerriglia per liberare il Nicaragua dalla dittatura di Somoza. Tua mamma era già incinta da un paio di mesi quando decisero di andare in Salvador per aiutare un altro popolo ad abbattere un'altra dittatura. Tu sei nato nella selva e loro ti hanno rimandato in Nicaragua per proteggerti: l'esercito bombardava spesso i campi nelle retrovie...».

Parlai per una decina di minuti. Raccontai quello che potevo e sapevo fino alla scelta di Torito di entrare nelle fila del movimento Tupac Amaru. Poi dalla tasca della giacca tirai fuori una fotografia in bianco e nero: donne e uomini armati, improbabili, sorridenti guerrieri. «È stata scattata in Nicaragua; questo a sinistra è Torito e la donna che abbraccia è tua madre».

La fissò a lungo succhiando rumorosamente la cannuccia del milkshake. «Dove sono adesso?» domandò.

«Tua madre vive in Venezuela e, se vorrai, un giorno potrai incontrarla. Lei lo desidera molto... Tuo padre invece è desaparecido».

«Cosa vuol dire?».

Glielo spiegai. «Allora è morto!» sbottò.

«Quasi certamente... Io almeno sono convinto che lo sia... ma per noi deve rimanere vivo finché non saranno i militari peruviani a confermarci che l'hanno assassinato».

Si chiuse in un silenzio cupo, spezzettando nervosamente con una sola mano il contenitore di polistirolo del panino.

«Tuo padre è una persona speciale» dissi dopo un po'. «Chi l'ha conosciuto non lo dimenticherà mai».

Roque si alzò e si avviò verso l'uscita senza preoccuparsi di prendere la fotografia dal tavolo.

«Come è andata?» chiesero apprensivi i due insegnanti.

Alzai le spalle «Non lo so». Feci un riassunto molto partico-lareggiato dell'incontro, lasciai il mio recapito, la foto, e tornai in Italia.

Un bel po' di tempo dopo ricevetti una lettera dei genitori adottivi, mi informavano che avrebbero trascorso le vacanze estive in Sardegna e che Roque desiderava incontrarmi. Il ragazzo a poco a poco aveva iniziato ad affrontare la questione ponendo una serie di domande, in particolare sui desaparecidos.

Raccolsi un bel po' di materiale sull'argomento e glielo spedii. Alla coppia feci avere libri e documenti delle Nonne argentine che trattavano il problema dell'identità.

Attraverso El Chino contattai Nélida. Le chiesi di incidere una cassetta per suo figlio.

«Notizie?» domandai al cileno prima di chiudere la comunicazione.

«Una, non verificata: una fossa comune, una tanica di benzina...».

La famigliola francese arrivò a fine luglio e si stabilì in Ogliastra. Li raggiunsi una domenica mattina in una minuscola spiaggia. Roque mi strinse la mano come un ometto. Gli regalai un walkman. «Contiene una cassetta speciale... viene dal Venezuela» gli confidai.

Il ragazzo si infilò le cuffiette e corse a rifugiarsi su uno scoglio per ascoltare per la prima volta la voce di sua madre.

«A casa non si parla d'altro» disse la francese. «Tutto a un tratto ha scoperto di appartenere a un altro mondo, molto lontano dall'Europa».

«Anche da voi due?» chiesi preoccupato.

«No» rispose sorridendo. «Siamo sempre molto uniti».

Attesi la fine della registrazione, poi mi avvicinai. «Perché hai chiesto di vedermi?» domandai.

«Sei sicuro che Torito sia desaparecido?» domandò a sua volta.

«Purtroppo sì».

«E non si può far nulla per sapere che cosa gli è successo?».

«Ancora no. In Perù il governo non permette di indagare sui suoi crimini...».

«Nel materiale che mi hai spedito ho letto che i desaparecidos vengono torturati prima di essere uccisi» mi interruppe con un tono carico di ansia.

«Nel caso di Torito non credo sia successo, era già in carcere da un pezzo. Probabilmente l'hanno eliminato con un'iniezione. Non si deve essere accorto di nulla» mentii.

«Voglio andare in Perù» pronunciò in tono bellicoso.

«L'ho detto anch'io una volta». Gli raccontai il mio viaggio lungo la panamericana fino a Pisco Elqui. «Ci sono altri ragazzi che vivono in Francia e hanno i genitori desaparecidos. Sono cileni, colombiani, peruviani, guatemaltechi e hanno deciso di condividere questa esperienza, riunendosi in un'associazione... Credo che ti potrebbe essere utile conoscerli; posso metterti in contatto con loro se lo desideri».

«Anche con mamma Nélida puoi mettermi in contatto?». La voce era abbastanza ferma ma gli occhi erano lucidi. Lo ammirai. Quando avevo ascoltato la cassetta non ero riuscito a trattenere le lacrime.

Furono necessari tre mesi per decidere il luogo e la data dell'incontro, trovare una casa sicura per la donna e i soldi per il viaggio. Si incontrarono in cima alla Tour Eiffel. L'idea era mia, più che altro un romantico capriccio: proprio lì, tanti anni prima, avevo detto addio alle persone che amavo di più.

Roque iniziò a scrivermi e a telefonarmi un paio di volte al mese. Entrò in contatto con gli altri figli di desaparecidos; con il mio aiuto si mise a ricostruire la vita di El Torito, incontrando vecchi compagni reduci di guerriglie di ogni parte d'America e strappandomi la promessa di ricavarne una biografia. Con mamma Nélida si era dato appuntamento per l'anno seguente.

Finalmente nonno Guglielmo mi svelò che la città misteriosa che mi faceva visitare in sogno era Mendoza. Lo capii vedendolo uscire da una casa insieme a Horacio, un esule argentino conosciuto a Parigi, nato e cresciuto in quella città. Nei sogni seguenti si spostarono dalla zona di Maipú a quella più popolosa di Godoy Cruz, fermandosi ogni tanto a chiacchierare con persone che ero certo di aver conosciuto, senza però ricordare dove e quando.

Nell'ultimo sogno il nonno passò davanti a un grande cartellone pubblicitario: Mendoza ti aspetta, visitala! Era scritto a caratteri cubitali. Poi svoltò per avenida Don Bosco e si infilò in una palazzina da cui non uscì più.

La mattina, bevendo il caffè, guardai il calendario per scegliere il periodo migliore per visitare la regione andina centrale dell'Argentina, dove si trova la provincia di Mendoza. Non avevo la minima intenzione di deludere il nonno: sarei entrato in quel portone.

El Chino, dopo la storia a lieto fine di Roque, cominciò a farsi sentire più spesso.

«Altri cocci generazionali» mi salutò l'ultima volta.

«Ti ascolto» sospirai rassegnato.

«Un vecchio compagno ha bisogno di cure mediche e non ha il becco di un quattrino. Stiamo organizzando una colletta e tu dovresti...».

Bologna, 29 novembre 1997.
La città era battuta da una pioggerellina sottile. Io, i miei genitori e mia sorella avevamo trovato riparo sotto il cornicione di un palazzo a pochi passi dall'abitazione di Romano Prodi. Accanto a noi c'era Jorge Ithurburu, argentino, da tempo residente a Milano, infaticabile esponente della Lega internazionale per i diritti e la liberazione dei popoli. Lo conoscevo di fama: Estela e Lita parlavano di lui con stima e affetto. Da una borsa estrasse un fascicolo: Pedro Luis Mazzocchi, storia di un militare di leva. «È uno degli otto casi del processo italiano. Sto ricostruendo la biografia di tutte le vittime» spiegò.

Aspettavamo tutti con impazienza che Estela Carlotto e Lita Boitano uscissero dalla casa del Presidente del Consiglio dove erano state invitate dalla moglie Flavia. Si trovavano in Italia da qualche giorno con nonna Roisinblit e avevano avuto importanti colloqui con il Papa, con esponenti del Governo e del Parlamento, e vari incontri con associazioni e comunità religiose.

Finalmente si aprì il portone e vidi spuntare il volto sorridente di Estela che ci stava cercando con lo sguardo. Ci abbracciammo sotto la pioggia che da qualche minuto era aumentata di intensità. Mio padre, molto commosso, accarezzò il viso di Estela con un gesto da patriarca. Con Lita potemmo scambiare solo qualche parola perché era attesa a Ferrara, insieme a Ithurburu, per una conferenza. Estela invece aveva un paio d'ore libere e le trascorremmo in un bar a parlare dei Carlotto d'Italia e d'Argentina. Lei e mia madre si intesero subito alla perfezione: sapevano benissimo entrambe che cosa significava difendere i propri figli dalle persecuzioni.

Estela, benché molto stanca, era felice. Infatti dopo vent'anni la loro ostinata lotta era ufficialmente riconosciuta in

Italia. Per la prima volta avevano incontrato il Papa a cui avevano consegnato i dossier di duecentotrenta bambini rubati dai militari, e lui si era espresso a favore della loro restituzione alle famiglie naturali. E poi il governo che finalmente pareva deciso a costituirsi parte civile nel processo contro i militari argentini. Era rimasta molto colpita anche dalle persone che aveva incontrato e si sentiva fiduciosa sull'esito del processo italiano: finalmente il governo pareva deciso a costituirsi parte civile nel processo contro i militari argentini.

Il tempo trascorse rapidissimo e fu doloroso salutarsi sotto la pioggia di Bologna.

Prima di ripartire per l'Argentina, Estela mi chiamò per annunciarmi commossa che il sindaco di Arzignano, paese d'origine dei Carlotto, aveva l'intenzione di dedicare una via a Laura.

«Ci vediamo al processo» mi salutò.

Giovedì 15 gennaio 1998.
Nel tardo pomeriggio arrivò un fax dall'Argentina. Dalla sede delle Nonne mi giungeva la copia di un'intervista rilasciata alla stampa dall'ex capitano della marina Alfredo Astiz, "l'angelo della morte". Il simbolo della repressione illegale aveva rotto il patto di silenzio e di complicità dei militari argentini e usando toni minacciosi aveva ammesso con tutta tranquillità le proprie responsabilità.

"Le giunte militari non hanno avuto il coraggio di dire al Paese che era necessario fucilare tutti...

"Tutti i giorni vengono a trovarmi camerati chiedendomi di mettermi alla testa di una nuova sommossa militare. Io rispondo che non è possibile, ma non so cosa spiegargli...

"Le forze armate hanno cinquecentomila uomini preparati a uccidere. Io sono il migliore di tutti. Quando altri militari vengono a trovarmi io rispondo sempre nello stesso modo: state calmi, bisogna aspettare, è successo in tutti i paesi. Ma non so fino a quando si potrà aspettare...

"Per i giornalisti è come se la sovversione non fosse mai esistita. Devono stare attenti, altrimenti finiranno male".

"Questo è troppo" pensai. Telefonai subito a Maurizio Camardi e gli lessi l'intervista.

«Figlio di puttana» fu il suo commento.

«Vogliamo fargliela passare liscia?» urlai furibondo nella cornetta.

«Hai qualche idea?».

«Sì. Un'ideuzza che penso ti piacerà...».

Buenos Aires, sabato 24 gennaio 1998.

«Al nord, autista, lungo l'avenida General Paz» ordinai a Santiago, salendo d'un balzo sul suo autobus bianco e arancione.

Un sorriso gli attraversò il volto e i suoi occhi color pece si accesero come braci. «Ne hai messo del tempo a tornare» disse con la voce appena incrinata dall'emozione.

Alle mie spalle spuntarono le custodie di una chitarra e di un sassofono. Ricky Gianco e Maurizio Camardi strinsero la mano all'argentino, presentandosi. Io lo abbracciai in silenzio, stringendo con forza la sua testa sul mio petto e baciandogli la fronte.

«Perché volete andare alla ESMA?» domandò.

«Una milonga per il capitano» spiegò Gianco. «Non ci è piaciuta l'intervista».

«Bella idea» approvò l'autista, «e appena in tempo. Qualche giorno fa il presidente Menem ha annunciato l'intenzione di far abbattere la scuola e di erigere al suo posto un monumento per la "pacificazione nazionale". Pensa che le ruspe siano sufficienti a cancellare la memoria delle migliaia di desaparecidos passati per la ESMA...». Poi ci guardò uno alla volta: «C'è un rischio, però. Il buio potrebbe far nascere qualche "equivoco" sulle vostre intenzioni».

Il cantante tamburellò imperioso con le dita sulla plastica della custodia della sua Takamine acustica: «Siamo armati anche noi» scherzò.

Santiago ghignò soddisfatto e innestò la marcia.

«Siamo arrivati oggi pomeriggio e ripartiremo tra qualche ora» lo informai, «giusto il tempo di "colpire" la scuola dei torturatori della marina».

«Sei passato al N'ontue?».

«Sì. Volevo salutare Inocencio ma ho trovato un nuovo portiere, ho saputo che è tornato a Tucumán».

«È successo poco dopo la tua partenza. L'ho accompagnato alla stazione. Indossava un vecchio completo e un cappello di feltro grigio. Non aveva bagaglio, però si è portato il libro che gli hai regalato».

«Ha detto qualcosa?» domandai nella speranza che mi avesse riservato qualche parola.

Scosse la testa: «Ha detto solo che era contento che il treno arrivasse a destinazione di notte, "quando gli spiriti si confondono con le ombre"».

Aprii un finestrino e iniziai a raccontare a Buenos Aires, con il timbro di un cantastorie, la vita di Victor Hugo. Era il mio modo di dire addio a Inocencio. Ai semafori la gente si fermava ad ascoltare dimenticandosi di attraversare la strada.

Il ragazzo aveva appena compiuto quindici anni quando scesi dall'autobus e, continuando a parlare, mi diressi verso il corpo di guardia all'ingresso della ESMA.

Il suono del sax soprano e della chitarra mi fecero da sottofondo fino a quando Ricky non attaccò il pezzo. La voce e la musica invasero la caserma, violarono gli spazi, costrinsero tutti ad ascoltare.

Balla il capitano
felice incrocia i piedi con la sua signora
io lo guardo dalla vetrina del caffè
e il dolore mi scende un po' più a sud dell'anima

Balla il capitano
con passione bacia la sua signora

io lo guardo dalla vetrina del caffè
e ricordo le tue labbra il primo bacio di mattina

Ti incontro mille volte al giorno
nei dettagli di altre donne
camminano veloci senza mai voltarsi indietro
Buenos Aires non finisce mai

Al di là dell'inferriata, il solito ufficialetto sbraitò per un po', poi si calmò fissandoci con odio e sperando che uscissimo dalla sua vita il più presto possibile. Io continuai a narrare la vita di Victor Hugo a una sentinella impennacchiata che non poteva spostarsi di un millimetro. «Vattene o ti sparo» sibilò senza quasi muovere le labbra. «Non puoi farlo bel soldatino» lo canzonai, «è finito da un pezzo il tempo delle patotas». Peccato non ci fosse il vecchio Inocencio: si sarebbe goduto il momento.

En la noche cierro los ojos pero sueño despierto
leo tus viejas cartas
palabras de amor jovencito
otra vez me quedo dormido abrazado a mi soledad

Ti cerco nella nostra piazza
mi passi accanto insieme agli altri
hai lo stesso profumo di tua madre
da vent'anni non lo cambi mai

Nello specchio frugando tra le mie
cerco di immaginare le tue rughe di oggi
il capitano ha voluto che tu rimanessi per sempre giovane
gli è bastato un vago cenno della mano

All'improvviso un faro illuminò i due musicisti come sul palco di un teatro. Era proprio quello che mancava, e Gianco ringraziò con un solenne cenno del capo.

Dicono che hai guardato verso sud
nessuno ricorda il mio nome tra i tuoi denti
dicono che fosse aprile o forse maggio nessuno ricorda dove
Buenos Aires non finisce mai

Si te paso al lado levantate por favor
hablame dulcemente como un tiempo
yo sigo viviendo para no olvidarte
y no perdono al capitan.

Alla fine della milonga nessuno reagì al di là dell'inferriata. Marinai e ufficiali, furiosi e impotenti, rimasero immobili e silenziosi a guardarci mentre ritornavamo sui nostri passi e risalivamo sull'autobus.

Lungo la strada verso l'aeroporto, Ricky, fumando rilassato, cominciò a pizzicare le corde della chitarra, Maurizio lo imitò soffiando leggero nel soprano; a poco a poco le note si strutturarono in un'idea.

«E la prossima dove la cantiamo?» domandò Gianco.

Mi venne in mente Torito. «A Lima» risposi senza esitare, «sotto le finestre di Fujimori».

«Ottima idea» approvarono entrambi e ripresero a suonare, a provare, a incastrare nota dopo nota.

Arrivò il tempo di incastrare anche le parole «A Challapalca il vento è malato» mi sentii abbozzare «Non porta profumi...».

Santiago parcheggiò il grosso mezzo proprio di fronte all'ingresso dell'aeroporto. Abbracciò i musicisti.

Poi fu il mio turno. «Hai trovato il tuo autobus?» domandò.

«Sì. Puoi smettere di spedirmi le foto dell'Horror Tour... No lo perdono al capitan».

Massimo Carlotto è nato a Padova nel 1956. Scoperto dalla scrittrice e critica Grazia Cherchi, ha esordito nel 1995 con il romanzo *Il fuggiasco*, pubblicato dalle Edizioni E/O e vincitore del Premio del Giovedì 1996. Per la stessa casa editrice ha scritto: *Arrivederci amore, ciao* (secondo posto al Gran Premio della Letteratura Poliziesca in Francia 2003, finalista all'Edgar Allan Poe Award nella versione inglese pubblicata da Europa Editions nel 2006), *La verità dell'Alligatore*, *Il mistero di Mangiabarche*, *Le irregolari*, *Nessuna cortesia all'uscita* (Premio Dessì 1999 e menzione speciale della giuria Premio Scerbanenco 1999), *Il corriere colombiano*, *Il maestro di nodi* (Premio Scerbanenco 2003), *Niente, più niente al mondo* (Premio Girulà 2008), *L'oscura immensità della morte*, *Nordest* con Marco Videtta (Premio Selezione Bancarella 2006), *La terra della mia anima* (Premio Grinzane Noir 2007), *Cristiani di Allah* (2008), *Perdas de Fogu* con i Mama Sabot (Premio Noir Ecologista Jean-Claude Izzo 2009), *L'amore del bandito* (2010), *Alla fine di un giorno noioso* (2011), *Il mondo non mi deve nulla* (2014), la fiaba *La via del pepe* con le illustrazioni di Alessandro Sanna (2014), *La banda degli amanti*, *Per tutto l'oro del mondo* (2015) e *Blues per cuori fuorilegge e vecchie puttane* (2017).
Per Einaudi Stile Libero ha pubblicato *Mi fido di te*, scritto assieme a Francesco Abate, *Respiro corto*, *Cocaina* (con Gianrico Carofiglio e Giancarlo De Cataldo) e, con Marco Videtta, i quattro romanzi del ciclo *Le Vendicatrici* (*Ksenia*, *Eva*, *Sara* e *Luz*). Per Rizzoli ha pubblicato nel 2016 il thriller *Il turista*. I suoi libri sono tradotti in molte lingue e ha vinto numerosi premi sia in Italia che all'estero.
Massimo Carlotto è anche autore teatrale, sceneggiatore e collabora con quotidiani, riviste e musicisti.

INDICE

tascabili

Finito di stampare il 14 novembre 2018
presso Arti Grafiche La Moderna di
Roma